Une demi-douzaine d'elles

Une demi-douzaine d'elles

collection
ciboulette

Une demi-douzaine d'elles *a préalablement fait l'objet de 6 volumes dans la collection* Mimolette *de* L'Association, *entre 2001 et 2008.*
*Les auteurs remercient le CNL qui a soutenu la croissance d'*Une demi-douzaine d'elles.

Anne Baraou

Fanny Dalle-Rive

Une demi-douzaine d'elles

L'Association

BEN VIENS ! C'EST DES COPINES DE MA MÈRE MAIS ELLES SONT PAS TOUTES VIEILLES.
Y EN A MÊME DES SYMPAS.
ENFIN, JE CROIS.
NON MAIS FAUT QUE JE DEMANDE À LA MIENNE D'ABORD. SINON, TU VOIS, SI JE NE LUI DIS PAS OÙ JE SUIS, ELLE VA TOUT DE SUITE M'IMAGINER ENCEINTE.
OU PIRE : AMOUREUSE.
4298 HB 75

1

Armelle Naïve

AH SALUT, ÇA ALORS ! OUAIS BIEN SÛR, CHOUETTE ! À JEUDI, D'ACCORD !
LÉA... ÇA FAIT UN BAIL ! ON SE VOYAIT PLUS À CAUSE D'ARNAUD...
... IL POUVAIT PAS LA BLAIRER...
DING DONG
BONJOUR ON S'CONNAÎT ?
SNIF
JE REPENSAIS À LA DISCUSSION QU'ON A EUE L'AUTRE JOUR...
QUELLE DISCUSSION ?
PEU IMPORTE MAIS ENSUITE, DANS UN RÊVE QUE JE FAIS SOUVENT, QUELQUE-CHOSE A CHANGÉ... LA VIEILLE DAME AU BALAI QUI D'HABITUDE NE DIT RIEN S'EST MISE À CHANTER ET...
... ENFIN TU VOIS L'ÉTENDUE DES POSSIBLES M'A SEMBLÉ RÉCLAMER DES SOLUTIONS PLUS RADICALES...
IL Y AVAIT CE TIGRE VIOLET QUE J'AVAIS D'ABORD PRIS POUR UN APPEL, MAIS IL PORTAIT DES SOCQUETTES, ÇA NE COLLAIT PAS.
C'EST POURQUOI JE ME SUIS DEMANDÉ SI TU NE SOUHAITAIS PAS QU'ON REPARLE ENSEMBLE TOUS LES DEUX DE CE QU'ON POURRAIT SE DIRE...
TU VEUX DORMIR ICI ?

ZZRHH
TRENTE-VINGT, QUARANTE-ET-ONZE, QUARANTE-DOUZE, QUARANTE-TREIZE… … QUARANTE-DIX-NEUF, CINQUANTE-DIX…
LES HOMMES TCHÈQUES
LES HOMMES RUSSES
LES HOMMES ANGLAIS
LES HOMMES ESPAGNOLS
LES
TU DORS PAS ?
NON, J'AI PLEIN DE TRUCS QUI SE BOUSCULENT DANS LA TÊTE…
TOUTES CES LETTRES DE CANDIDATURES QUE J'AI À PONDRE POUR RETROUVER DU BOULOT, ET LES ENTRETIENS OÙ FAUT AVOIR L'AIR HYPER MOTIVÉ POUR LA GESTION ANALYTIQUE DU DÉPARTEMENT SEMELLES D'ISOLATION THERMIQUE…
L'AVENIR M'INQUIÈTE.
L'AUTRE JOUR J'AI DÉJEUNÉ AVEC UNE COPINE QUI A PLEIN DE PROJETS PASSIONNANTS. SON MEC VA TRAVAILLER AUX WAMATU ET…
OH, HIER, DANS LA RUE, J'AI ENCORE VU UNE FEMME QUI PARLAIT TOUTE SEULE. ELLE RÉPÉTAIT : "ÇA NE M'INTÉRESSE PLUS. ÇA NE M'INTÉRESSE PLUS."
RRHH
JE CROIS QUE LA DOUILLE DU PLAFONNIER EST DÉFECTUEUSE…
MAIS JE N'EN SUIS PAS SÛRE.
ZZRHH
RH
J'AI FAIM

SALUT, OUI OUI, AU REVOIR.
" MIEUX CONNAÎTRE LES AUTRES. S'ENRICHIR SOI-MÊME. REJOIGNEZ NOTRE ÉQUIPE DE BÉNÉVOLES QUI OFFRENT UNE ÉCOUTE CHALEUREUSE AUX PERSONNES SEULES, ANGOISSÉES, TENTÉES PAR LE SUICIDE ... "
CONNAÎTRE LES AUTRES
S'ENRICHIR SOI-MÊME
SLRP
CE DÉFI À L'INDIFFÉRENCE EST LE MIEN...
... J'AI DE L'ATTENTION, DE L'HUMANITÉ ET DE LA CONFIANCE À APPORTER À CEUX QUI SOUFFRENT.
NAN, C'EST PAS BIEN TOURNÉ.
SCRIT SCRIT SCRIT
JE VEUX M'ENGAGER DANS CE COMBAT CONTRE LA RÉSIGNATION ET LA MORT !
MMH, ÇA VA PAS NON PLUS.
SCRUT SCRUT SCRUT
ALLEZ, J'EN FINIS VITE FAIT AVEC CETTE LETTRE ET JE ME REMETS AUX VRAIES CANDIDATURES.

SIX HEURES PLUS TARD...
RESTAURANT
PHARMACIE
TABAC-PMU
OUI, IL FAUT LES AIDER.
GNÉÉÉH WÉÉH
AÏAÏAÏE ! LA FÊTE DE MARINE !
J'AVAIS PROMIS DE LUI FILER UN COUP DE MAIN !
MERDE
FAUT QUAND MÊME QUE JE REPASSE CHEZ MOI ME CHANGER
NON, PAS LE TEMPS. TANT PIS.
FFH FH
JE SUIS TERRIBLEMENT EN RETARD !
T'AFFOLE PAS, LES GARS M'ONT TRÈS GENTIMENT AIDÉE...
'LUT
SALUT

ARNAUD ?
TU NE TOURNES PAS AUTOUR DE MARINE QUAND MÊME ?
QU'EST-CE QUE ÇA PEUT TE FAIRE ?
RIEN RIEN BIEN-SÛR.
BIEN SÛR BIEN SÛR
TU SAIS JE CROIS QUE MARINE EN A SUFFISAMMENT DANS SES FILETS !
QUELLE CHANCE !
QUEL TRACAS, OUI !
J'EN VEUX BIEN DU TRACAS COMME ÇA, MOI !
... DU TRACAS BIEN RÉCONFORTANT
SALUT ARMELLE !
TIENS J'AI DÎNÉ AVEC TA SOEUR, L'AUTRE JOUR QU'EST-CE QU'ON A RI ! ON A HACHÉ MENU L'IDÉE-MÊME DU BONHEUR ... LE TOUT ARROSÉ DE POMEROL. ON ÉTAIT DANS UN ÉTAT !
MAIS ELLE BOIT PAS MA SOEUR !
AÏE
NON, NON BIEN SÛR, J'EXAGÈRE UN PEU

GOOD FRIENDS WE HAVE OOOOH
GOOD FRIENDS WE'VE LOST
CETTE CHANSON, LÀ, "NO WOMAN NO CRY", C'EST PAS DE FEMME PAS DE CRIS, HEIN ?
OU PAS DE PLEURS PLUTÔT, JE SAIS PAS.
ALONG THE WAY
MAIS ÇA VEUT DIRE QUOI, QUE LES FEMMES PLEURENT TOUT LE TEMPS...
IN THIS GREAT FUT
... OU QUE LES FEMMES FONT PLEURER LES HOMMES ?
YOU CAN'T FORGET YOUR PAST
AÏE
BEN, FAUDRAIT SAVOIR SI C'EST UNE CHANSON MACHISTE OU UNE CHANSON D'AMOUR.
... MAIS JE COMPRENDS PAS BIEN LE RESTE DES PAROLES.
EVERYTHING'S
GONNA
T'AS L'AIR FATIGUÉ, SUZIE, TU VEUX QUE JE TE RACCOMPAGNE ?
NON NON ÇA VA
EVERYTHING'S GONN
MAIS DIS MOI, TOI, TU ES, HEU, RÉCONFORTANT, TOI ?
BE ALRIGHT
MMH ?
SI QUELQU'UN ME CHERCHE, NON RIEN.
FLAP

44,90 KG
12,95 KG
CAFÉ DES ARTS
VOUS ÊTES MADAME BÉNÉ ?
OUI BONJOUR VOUS DEVEZ ÊTRE ARMELLE !
JE SUIS QUELQU'UN DE TRÈS POSITIF...
... JE VEUX TOUJOURS TOUT ARRANGER, RÉUNIR LES GENS, FAIRE CIRCULER LES INFORMATIONS, RÉSOUDRE LES CONFLITS, JOINDRE LES DEUX BOUTS...
... ON M'APPRÉCIE BEAUCOUP POUR ÇA, C'EST GRATIFIANT, JE ME SENS UTILE...
OUI C'EST QUE...
VOUS SAVEZ...
... IL NE FAUT SURTOUT PAS INTERVENIR ET TENTER DE RÉSOUDRE LES PROBLÈMES DES GENS QUE L'ON ÉCOUTE. NOUS SOMMES SIMPLEMENT LÀ POUR LEUR PERMETTRE DE PARLER ET DE SE LIBÉRER MOMENTANÉMENT DE LEUR ANGOISSE. LA PLUPART DU TEMPS IL N'Y A PAS DE SOLUTION À LEUR MALHEUR... VOUS VOUS SENTIREZ BIEN PEU SOUVENT UTILE...
OUI BIEN SÛR
ET BIEN ALORS VOILÀ, TANT MIEUX, ÇA CHANGERA.

J'EN AI TELLEMENT ASSEZ DU CHÔMDU...
JE VOUDRAIS BIEN AVOIR DES VRAIS TRUCS À FAIRE, À ORGANISER, DES PROBLÈMES DE BOULOT, DU STRESS, DES COLLÈGUES UN PEU PÉNIBLES...
ET MÊME UN BON GROS CON DE PATRON, TIENS !
C'EST PAS NORMAL QUE TU RENTRES DÉJÀ EN QUATRIÈME !...
ZUT
ILS T'ONT FAIT SAUTER LE CM2. MAINTENANT LA CINQUIÈME. ILS FANTASMENT TOUS SUR TA PRÉCOCITÉ !
C'EST PAS SI GRAVE.
C'EST DÉGUEU, OUI ! T'AURAIS PU FAIRE TOUTE TA SCOLARITÉ PEINARDE, AVEC VINGT PARTOUT. MAIS NON, ILS VEULENT QUE TU TRIMES !
COMME ÇA, C'EST MOINS FACILE, C'EST PAS IDIOT.
PFF ! T'ES TROP SYMPA AVEC EUX !

MAIS SI ÉCOUTE : SI J'AVAIS PRIS L'HABITUDE DE LA FACILITÉ, LORSQUE J'AURAIS ATTEINT MES LIMITES, JE L'AURAIS SÛREMENT MAL VÉCU.
MAIS ENFIN PAULA ! TU N'ES PAS UN CON D'ÉLASTIQUE !
DIS-MOI COUSINE. COMMENT FAIS-TU POUR TE METTRE SI FACILEMENT EN COLÈRE ?
EST-CE QUE ÇA A QUELQUE-CHOSE À VOIR AVEC LA LIBIDO ?
VÉRA ! VÉRA ! NON, T'EN VA PAS !
AH, LA SÉRÉNITÉ DES SQUARES APRÈS LA PLUIE...
JE N'ARRÊTE PAS DE LUI DIRE, MAIS IL NE M'ÉCOUTE PAS.
SIX OEUFS, C'EST TROP, PAR SEMAINE, MÊME S'IL N'A PAS DE CHOLESTÉROL !
OH OUI C'EST TROP.
MAIS CERTAINEMENT. BEAUCOUP TROP.
LE PLUS FATIGANT DANS LE CHÔMAGE, C'EST QU'ON SE TROUVE TOUJOURS À FAIRE LES COURSES, À PRENDRE LE BUS, À SE PROMENER...
AVEC LES VIEUX.

UN MOIS PLUS TARD
AUJOURD'HUI C'EST VOTRE QUATRIÈME ÉCOUTE ACCOMPAGNÉE, C'EST ÇA ? ÇA SE PASSE BIEN JUSQU'À PRÉSENT ?
OUI OUI C'EST TRÈS, HEU, CONCERNANT.
SOS CASTAGNE
SUICIDE : PARLONS-EN
DITES NON !
CONSTERNANT ?
NON NON, JE VEUX DIRE TOUCHANT, INTÉRESSANT, REMUANT.
AH BIEN...
ALLEZ-Y
DRUUUT
ALLÔ, SOS ÉCOUTE, BONJOUR !
J'TE BAISE, J'TE R'TOURNE, J'T'ENCULE, SAAALOPE !
CLIC
VOUS NOTEZ BIEN À CHAQUE FOIS : L'HEURE, LA DURÉE, LE TYPE D'APPELANT, LE CONTENU DE L'APPEL ET TOUS LES AUTRES ÉLÉMENTS STATISTIQUES, N'EST-CE PAS.
DRUUUT
ALLÔ, BONJOUR.
...
JE VOUS ÉCOUTE.
...
VOUS AVEZ DU MAL À PARLER ?
VOILÀ, JE VOUS APPELLE EN DÉSESPOIR, À CAUSE DES GENS. VOUS SAVEZ ? LES GENS.
ILS ME POSENT DES QUESTIONS ET JE NE SAIS PAS QUOI LEUR RÉPONDRE. ON NE PENSE JAMAIS ASSEZ À LEUR MALICE... ILS VONT JUSQU'À VOUS DEMANDER COMBIEN VOUS AVEZ PAYÉ LES CHOSES ! C'EST VULGAIRE, ET DÉPLACÉ, ET CHOQUANT ! JE NE VEUX PAS QU'ON ME DEMANDE OÙ J'HABITE, OÙ JE TRAVAILLE, C'EST PRIVÉ, CES CHOSES-LÀ ! INOUÏ CE QUE SONT MAL ÉLEVÉS ! LES GENS

SURTOUT LES HOMMES. LES HOMMES ME DEMANDENT SI JE SUIS MARIÉÉÉÉE! VOUS VOUS RENDEZ COMPTE !!!
... ET PUIS MENTIR, C'EST QUAND-MÊME RÉPONDRE, J'AI HORREUR DU MENSONGE. QUAND J'ÉTAIS PETITE, JE POSAIS BEAUCOUP DE QUESTIONS, AUX PROFESSEURS. MAIS IL NE FALLAIT PAS POSER DE QUESTIONS !!!
JE NE SAIS PAS LE RAPPORT AVEC CE QUE JE VOUS AI DIT, JE TARTINE, JE NE SAIS PLUS OÙ J'EN SUIS. MERCI. AU REVOIR.
SOS ÉCOUTE, BONJOUR.
NON, C'EST PAS LA PEINE. JE VAIS PARLER POUR NE RIEN DIRE. JE VOIS BIEN QUE JE VOUS EMBARRASSE. VOUS ALLEZ ME DIRE QUE C'EST MOI QUI APPELLE, QUE VOUS NE POUVEZ RIEN POUR MOI. JE NE SAIS PAS OÙ IL FAUT QUE JE CHERCHE LE RÉCONFORT. JE N'AI PLUS MA PLACE NULLE PART. JE SUIS FATIGUÉ. ET PUIS JE VAIS PAS RESTER COMME ÇA AU TÉLÉPHONE! C'EST TROP CON! ALLEZ AU DIABLE!
CLOC
DRUUUT
oui bonjouuour. J'ai besoin de parler, d'entendre une voix comme la vôôôtre, de sentir une compagnie féminine. C'est pour rompre la solituuuude. Je suis obligé de me masturber tout le temps. Vous comprenez? Parlez-mouâââ! MMMH, ôôô, ouuuï...
CLOC
BONJOUR, SOS ÉCOUTE.
J'AI UN MAL FOU À COMMUNIQUER AVEC LES AUTRES. JE SUIS INCAPABLE DE LES ÉCOUTER. TOUT LE MONDE ME LE REPROCHE. JE ME PRENDS POUR LE NOMBRIL DU MONDE. JE RAMÈNE TOUT À MOI, JE SUIS TRÈS AGRESSIVE. MAIS JE N'AI PAS REÇU BEAUCOUP D'AMOUR NON PLUS. MA MÈRE DISAIT : "LES CARESSES DE CHIEN, ÇA RAMÈNE DES PUCES". J'AI MANQUÉ DE TENDRESSE. ET MAINTENANT QU'ELLE RADOTE, ELLE VA DIRE PARTOUT QUE C'EST ELLE QUI M'A FAITE. ELLE FAIT LA FIÈRE, LA CHIENNE...

BONJOUR C'EST JEAN-PIERRE. JE NE RECONNAIS PAS VOTRE VOIX, VOUS ÊTES NOUVELLE ? BON BEN AUJOURD'HUI J'AI REGARDÉ LA TÉLÉ. LÀ MAINTENANT CE SERAIT BIEN QUE J'AILLE FAIRE UN PETIT TOUR MAIS J'AI PAS TROP LE MORAL. CE SOIR JE PRENDRAI PEUT-ÊTRE UN CACHET POUR DORMIR. ALORS À DEMAIN, AU REVOIR MADEMOISELLE, BONNE JOURNÉE.
C'EST UN GRAND HABITUÉ, UN DÉPENDANT. IL APPELLE TOUS LES JOURS DEPUIS PLUS DE QUINZE ANS.
L'APPRENTISSAGE DE L'ÉCOUTE EST NON-TRANSMISSIBLE. VOUS AUREZ UN DOUTE PERPÉTUEL...
... C'EST ÇA QUI EST INTÉRESSANT, MAIS CERTES PAS CONFORTABLE. RÉFLÉCHISSEZ À VOTRE ENGAGEMENT. VOUS MARCHEREZ EN PERMANENCE SUR DES OEUFS...
CE N'EST PAS SI FACILE, DANS UNE SOCIÉTÉ OÙ L'ON APPREND TELLEMENT À ÊTRE SÛR DE SOI ET À S'AFFIRMER...
AU REVOIR ARMELLE, À LA SEMAINE PROCHAINE.
SOS
COUTE
AU REVOIR, MADAME BÉNÉ
J'SUIS CREVÉE.
MON FILS N'EST PAS RENTRÉ DEPUIS TROIS JOURS. JE SUIS TERRIBLEMENT INQUIÈTE MÊME SI J'AI HONTE, BIEN SÛR. POURQUOI ?
EH BIEN, C'EST QU'IL A 36 ANS...
TOUTES LES NUITS, JE CRIE "NON !", TRÈS FORT, LES VOISINS FONT DES PÉTITIONS, MAIS, COMPRENEZ-MOI, JE CRIE LA RÉVOLTE, PARCE QU'UN JOUR, JE VAIS MOURIR.
MON MARI ME FAIT MAL, C'EST VRAI, BON, J'AI DES BLEUS. MAIS IL NE LE FAIT PAS EXPRÈS, VOUS SAVEZ.

J'SUIS VRAIMENT ÉPUISÉE...
PAPETE
FAUT SURTOUT PAS QUE JE RACONTE. C'EST ANONYME, JE NE RACONTE RIEN, VOILÀ.
SALUT LÉA, ÇA ME FAIT RUDEMENT PLAISIR DE TE VOIR!
SMOCK SMOCK
MOI AUSSI. FAIS VOIR, T'AS PAS CHANGÉ!
ALORS, ÇA VA? RACONTE!
OH, COMME TOUJOURS, LA CYCLITE: TOUT EST NOIR ET TOUT M'ÉNERVE. PUIS SOUDAIN, TOUT EST INUTILE. ENSUITE, TOUT EST FACILE, ET MÊME TOUT DEVIENT BEAU.
MAIS BIENTÔT TOUT SE COMPLIQUE À NOUVEAU.
ÇA PREND ENVIRON 28 JOURS ET ÇA RECOMMENCE.
MOI, VOIS-TU, C'EST SUR UNE ANNÉE, COMME LES FEUILLES D'ARBRE. AU PRINTEMPS, J'ÉCLATE. L'ÉTÉ, JE POUSSE. L'AUTOMNE JE ROUGIS DE CE QUE J'AI FAIT L'ÉTÉ ET PUIS JE CROIS QUE LÀ, CET HIVER, JE VAIS TOMBER.
T'AS PAS CHANGÉ NON PLUS!
PFF... EN FAIT J'EN AI MARRE... C'EST MOI QUI ME TAPE TOUTES LES TÂCHES MÉNAGÈRES!
BEN C'EST NORMAL, TU VIS SEULE.
HA OUI, C'EST VRAI T'AS RAISON.
ET ARNAUD ALORS, TU L'AS DÉGAGÉ? IL ÉTAIT TROP CHIANT?
BAH, JE PRÉFÈRE PAS EN PARLER. JE N'AIME PAS QU'ON SE METTE À DÉBINER SUR SON ANCIEN COPAIN SOUS PRÉTEXTE QU'ON S'EST SÉPARÉ, C'EST MOCHE.
BON, BON, OK.

C'EST BON DE RECAUSER ENSEMBLE, NON ?
TU SAIS, JE CROIS QUE J'AI UN PEU LA NOSTALGIE DU TEMPS ADOLESCENT OÙ L'ON AVAIT DES CONVERSATIONS ENFLAMMÉES...
... ON SE REMETTAIT LES CHEVEUX D'UN CÔTÉ, PUIS DE L'AUTRE. ON BAVARDAIT SANS CESSE : « ALORS APRÈS IL M'A DIT QUE... »
ETC. ETC...
BOF, MOI ÇA ME FAIT TOUJOURS BIZARRE DE VOIR LES ADOS QUI SE PROMÈNENT ÉPAULE CONTRE ÉPAULE, QUI SE VAUTRENT SUR LES BANCS EN POUFFANT DE RIRE...
J'AI JAMAIS EU DE MEILLEURE AMIE, POUR LES CONFIDENCES ET TOUT ÇA. À C'T'ÂGE-LÀ JE M'INTÉRESSAIS DÉJÀ QU'AUX GARÇONS...
ARMELLE, IL M'ARRIVE DES CHOSES COMPLIQUÉES EN CE MOMENT. J'AURAIS BIEN BESOIN D'EN PARLER.
MAIS LÉA, JE SUIS LÀ, JE T'ÉCOUTE.
AU SECOURS !

MON ÉCOUTE DOIT ÊTRE CENTRÉE SUR ELLE.
JE SUIS ENCEINTE.
C'EST MERVEILLEUX, FÉLICITATIONS!
HEU, MOYEN MERVEILLEUX, EN FAIT.
JE NE SUIS PAS ENCEINTE DE JÉRÔME, MAIS D'UN AUTRE.
D... D'UN AUTRE ?
MON ÉCOUTE DOIT ÊTRE NON-DIRECTIVE
BEN OUI D'UN «AMANT» COMME ON DIT, UN GARS DE MON BOULOT, UN VRAI CANADAIR.
MAIS LES PRÉSERVATIFS ? LA PILULE ? JE SAIS PAS, MOI, ET L'AMOUR ? NON, MON ÉCOUTE DOIT ÊTRE EM-PA-THI-QUE.
BON ENFIN, CE QU'IL Y A C'EST QUE JUSTE APRÈS ÇA, JE ME SUIS REMISE À BAISER AVEC JÉRÔME...
PARCE QUE JE NE SAVAIS PLUS TRÈS BIEN CE QUE JE VOULAIS. TU COMPRENDS ?
OUI, HEU, JE T'ENTENDS.
ET MAINTENANT JÉRÔME CROIT QUE JE SUIS ENCEINTE DE LUI, ÉVIDEMMENT.
ÉVIDEMMENT.
MON ÉCOUTE EST AUTHENTIQUE
QU'EST-CE QUE TU FAIS CE SOIR ?
RIEN, POURQUOI ?

VIENS DÎNER À LA MAISON, TU VERRAS LES MEUBLES QUE J'AI FABRIQUÉS !
J'SUIS CREVÉE, LÉA...
MOI AUSSI, ON S'EN FOUT. ALLEZ, ÇA ME REMONTERA LE MORAL, VIENS !
BON D'ACCORD MAIS JE NE RESTERAI PAS TARD.
ET L'AUTRE ? LE CANADAIR, IL LE SAIT QUE T'ES ENCEINTE DE LUI ?
NON, PAS TROP, POURQUOI ?
RIEN RIEN, VROUM VROUM, MAUVAISE QUESTION.
VOILÀ !
PAUVRE JÉRÔME. FAUT SURTOUT QUE JE RESTE NATURELLE, QUE JE N'AIE L'AIR DE RIEN.

VRAIMENT SUPERBE...
ÇA TE PLAÎT ?
JÉRÔME ARMELLE, ARMELLE JÉRÔME.
SALUT, ENCHANTÉE, HEIN, COMME ON DIT.
VOILÀ VOILÀ.
LORSQUE C'ÉTAIT MOI QUI FAISAIS À MANGER, IL ATTENDAIT SYSTÉMATIQUEMENT DEUX OU TROIS MINUTES AVANT DE S'INSTALLER À TABLE. JE ME SENTAIS BÊTE DEVANT MON ASSIETTE, TOUTE SEULE. ALORS JE COMMENÇAIS À MANGER. DES FOIS IL SE METTAIT À TÉLÉPHONER À UN COPAIN JUSTE AU MOMENT OÙ C'ÉTAIT SERVI. LE PLAT REFROIDISSAIT PENDANT QU'IL RIGOLAIT AU TÉLÉPHONE.
UN JOUR OÙ IL AVAIT FAIT LA CUISINE, J'AI ESSAYÉ, POUR VOIR. C'EST UNE SENSATION DE POUVOIR TERRIBLE, D'ENTENDRE AINSI L'AUTRE MANGER SON PLAT TOUT SEUL PENDANT QU'ON EST EN TRAIN DE FAIRE QUELQUE CHOSE DE NETTEMENT PLUS DRÔLE.
C'EST IMMONDE !
MAIS JE N'VEUX PAS PARLER D'ARNAUD.
MERCI LÉA. C'ÉTAIT VRAIMENT DÉLICIEUX. ET PUIS CHEZ TOI, C'EST RAVISSANT. JE VAIS RENTRER MAINTENANT, IL EST TARD.
JE VAIS TE RACCOMPAGNER.
C'EST GENTIL MAIS C'EST PAS LA PEINE.
MOI JE VAIS ME COUCHER. À BIENTÔT ARMELLE ! À TOUT DE SUITE CHÉRI !
LEA M'A BEAUCOUP PARLÉ DE TOI.
AH ?

C'EST LÀ, MERCI !
ARNAUD NE SAIT PAS CE QU'IL A PERDU, CE CON.
CE N'EST PAS MON AVIS. ALLEZ, BON RETOUR, SALUT.
ATTENDS !
TU ME PLAIS VACHEMENT, TU SAIS. ON SE REVOIT BIENTÔT ?
J'AI UNE CONCEPTION POSITIVE ET UN RESPECT ABSOLU DE L'ÊTRE HUMAIN...
MMH
VA-T'EN S'IL TE PLAÎT !
je vais penser à toi en attendant
SLAM
EXCUSE-MOI, JE VOULAIS PAS TE BRUSQUER, JE SAIS ÊTRE PATIENT. APPELLE-MOI QUAND TU VOUDRAS.
BEUHEUHEU BEUHEU
MAOURL ?
J'IRAIS BIEN À LA PISCINE
OU ALORS VIVRE AILLEURS...
TRÈS LOIN...
DANS UN PAYS OÙ JE NE COMPRENDRAIS RIEN À CE QUE LES GENS DISENT.
MAOURL MIAOW
MAIS EN ATTENDANT, J'PEUX TOUJOURS APPELER MA GRANDE SOEUR.

TU TE RENDS COMPTE ? LA SOIRÉE QUE J'AI PASSÉE ! L'HORREUR !
CE JÉRÔME, QUEL PORC, QUELLE VOMISSURE. BEURK, MOI QUI AVAIS PITIÉ DE LUI !
MAIS IL TE PLAÎT OU PAS ?
C'EST PAS LA QUESTION, COMMENT VEUX TU...
TE FICHE PAS DE MOI !
NON PARCE QUE S'IL EST CANON, MOI JE VEUX BIEN QUE TU ME LE PRÉSENTES, IL A L'AIR CHAUD.
MAIS J'HALLUCINE ! ENFIN TU ES MARIÉE !
ALORS, LE MUSEAU ?
C'EST MOI, MERCI.
ET APRÈS ? TU SAIS, CE GENRE DE PETITS ÉCARTS RAGAILLARDISSENT BOUGREMENT MA SEXUALITÉ AVEC PAUL.
FAIS PAS TA NAÏVE, ALLEZ ! APRÈS TOUT PAPA SE GÊNAIT PAS NON PLUS QUAND IL ÉTAIT EN DÉPLACEMENT...
QUOI, PAPA ? MAIS ELLE DÉLIRE !
MM MIAM
MA SOEUR EST FOLLE.
T'AS REVU ARNAUD ?
J'AI UN HARENG ET UN STEAK !
LE HARENG, C'EST MOI.

OPF, ARNAUD...
TIENS, QUAND JE LUI PARLAIS DE MOI, IL REGARDAIT TOUJOURS AILLEURS. ALORS, J'ARRÊTAIS DE PARLER, EN PLEIN MILIEU D'UNE PHRASE, POUR VÉRIFIER, VOIR S'IL ÉCOUTAIT, QUOI. LA PLUPART DU TEMPS, IL NE S'EN RENDAIT MÊME PAS COMPTE. OU BIEN IL TROUVAIT UNE RAISON, UN PRÉTEXTE QUI NE LUI AVAIT PAS PERMIS DE M'ÉCOUTER CORRECTEMENT, UN BRUIT, N'IMPORTE QUOI -
J'ATTENDAIS DES JOURS QU'IL ME DEMANDE DE FINIR MA PHRASE, EN VAIN.
TIENS AUSSI, UN JOUR, ON AVAIT ACHETÉ UN TÉLÉPHONE RÉPONDEUR TOUT NEUF, À MÉMOIRES. EH BIEN, IL S'EST AMUSÉ À PROGRAMMER TOUS LES NUMÉROS DE SES COPAINS, SES COLLÈGUES, SA FAMILLE, ENFIN TOUT SON CARNET D'ADRESSES. IL RESTAIT PAS UN PET DE LIBRE POUR MES NUMÉROS.
HA HA HA !
MOI, JE ME SOUVIENS TOUJOURS DE TRUCS INCONGRUS SUR MES ANCIENS MECS. CELUI QUI M'A DÉPUCELÉE, PAR EXEMPLE, IL PLONGEAIT LES OEUFS DANS L'EAU FROIDE, JUSTE APRÈS LES AVOIR FAIT BOUILLIR, POUR QUE LA COQUILLE S'ÉPLUCHE MIEUX.
C'EST LUI QUI M'A APPRIS ÇA.
ET L'AVANT-DERNIER, IL AVAIT TROIS POINTS NOIRS EN TRIANGLE, SUR L'OMOPLATE, QUE J'AI PAS EU LE TEMPS D'EXTRAIRE.
TEUH
POUAH BEURK
IMPOSSIBLE ! CETTE FILLE N'EST PAS MA SOEUR.
ET VOILÀ J'AI PAUMÉ L'ÉCOUTE.
TIP
TIP
TIP

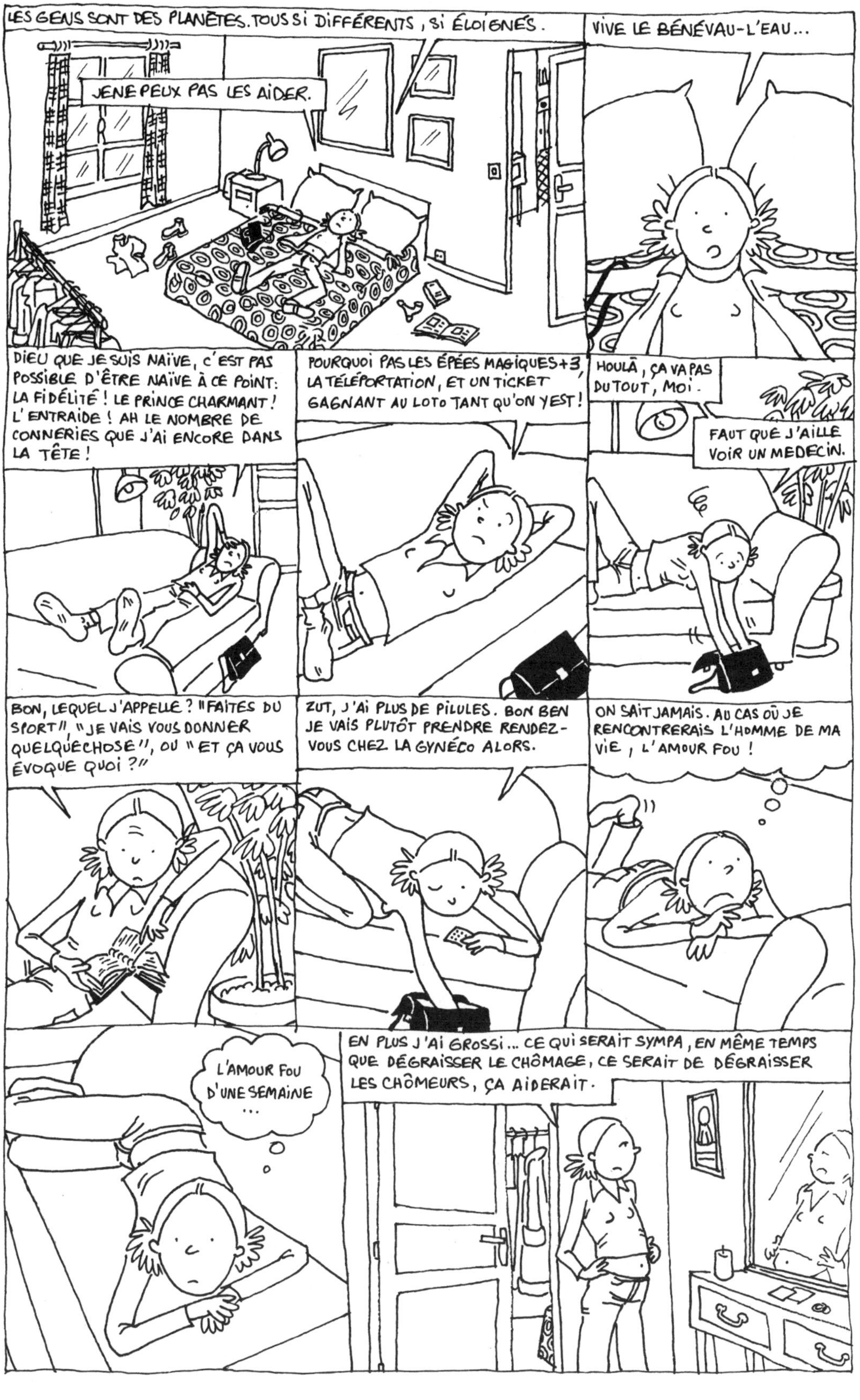
LES GENS SONT DES PLANÈTES. TOUS SI DIFFÉRENTS, SI ÉLOIGNÉS.
JE NE PEUX PAS LES AIDER.
VIVE LE BÉNÉVAU-L'EAU...
DIEU QUE JE SUIS NAÏVE, C'EST PAS POSSIBLE D'ÊTRE NAÏVE À CE POINT : LA FIDÉLITÉ ! LE PRINCE CHARMANT ! L'ENTRAIDE ! AH LE NOMBRE DE CONNERIES QUE J'AI ENCORE DANS LA TÊTE !
POURQUOI PAS LES ÉPÉES MAGIQUES +3, LA TÉLÉPORTATION, ET UN TICKET GAGNANT AU LOTO TANT QU'ON Y EST !
HOULÀ, ÇA VA PAS DU TOUT, MOI.
FAUT QUE J'AILLE VOIR UN MEDECIN.
BON, LEQUEL J'APPELLE ? "FAITES DU SPORT", "JE VAIS VOUS DONNER QUELQUE CHOSE", OU "ET ÇA VOUS ÉVOQUE QUOI ?"
ZUT, J'AI PLUS DE PILULES. BON BEN JE VAIS PLUTÔT PRENDRE RENDEZ-VOUS CHEZ LA GYNÉCO ALORS.
ON SAIT JAMAIS. AU CAS OÙ JE RENCONTRERAIS L'HOMME DE MA VIE, L'AMOUR FOU !
L'AMOUR FOU D'UNE SEMAINE ...
EN PLUS J'AI GROSSI... CE QUI SERAIT SYMPA, EN MÊME TEMPS QUE DÉGRAISSER LE CHÔMAGE, CE SERAIT DE DÉGRAISSER LES CHÔMEURS, ÇA AIDERAIT.

MÉMÉ, OÙ ES-TU ?
Tic
TAC
Tic
C'EST GENTIL D'ÊTRE VENUE ME VOIR.
J'AI BEAUCOUP DE CHOSES À TE DIRE.
CANDEUR ET SINCÉRITÉ
GARDER TU DOIS !
MAIS TU CROIS PAS QUE JE ME GOURE ?
PLUS PERSONNE N'EST COMME ÇA,
TOUT LE MONDE DÉVORE, PROFITE,
UTILISE...
Tic
TAc
Tic
TAC
POP
BON D'ACCORD, D'ACCORD !
JE RESTE COMME ÇA.
PROMIS OK,
J'AI RIEN DIT !
AAAAH !
MÉMÉ, POURQUOI T'ES MORTE ?

L'INCONTINENCE PARLONS EN
IVG : LE DROIT DE CHOISIR
MENOPAUSE EN DOUCEUR
IL FAISAIT LA VAISSELLE TOUS LES 36 DU MOIS
GYNECOLOGIE CONSULTATION
SI JE LUI REPROCHAIS, IL ME DISAIT QUE C'ÉTAIT PAS VRAI, QU'IL L'AVAIT FAITE L'AUTRE JOUR, ALORS QUE MOI JE LA FAISAIS TOUS LES JOURS !
EUH, JE VOUS PRESCRIS QUAND MÊME DU STÉRITRUC, ELLE VOUS CONVIENT ?
OUI OUI, C'EST AU-CAS-OÙ ON-SAIT-JAMAIS
ET PUIS IL REFERMAIT JAMAIS LES COUVERCLES DES POTS DE CONFITURE OU DE MOUTARDE, GRR...
IL REBOUCHAIT PAS LE DENTIFRICE NON PLUS.
ON VA FAIRE UN FROTTIS.
BAH, LA PROCHAINE FOIS, NON ?
BON, LA PROCHAINE FOIS SANS FAUTE, ALORS
OUF
JE VAIS QUAND MÊME VOUS PALPER LES SEINS, C'EST IMPORTANT.
AÏE, OUILLE, HI HI ! ÇA CHATOUILLE ET ÇA FAIT MAL.
GYNECOLOGIE
SULTATION
J'INSISTE UN PEU LÀ PARCE QU'ON SENT DES NODULES
RESPIREZ
DES QUOI ? DES NODULES QUOI ? HEIN ? OUILLE, HI HI, AILLE
VOUS ALLEZ PASSER UNE MAMMOGRAPHIE, ET AUSSI UNE ÉCHOGRAPHIE. PRENEZ RENDEZ-VOUS RAPIDEMENT ET PUIS VOUS REVENEZ ME VOIR ENSUITE. FAUT CONTRÔLER ÇA. MAIS NE VOUS INQUIÉTEZ PAS, VOUS SEREZ BIEN SUIVIE.

ÇA Y'EST, JE SUIS SUIVIE
JE NE VEUX PAS AVOIR DES MÉDECINS AU TRAIN. RIEN QUE D'IMAGINER REVENIR À L'HÔPITAL, J'AI DÉJÀ MAL PARTOUT.
TEUHEU
À NOËL CETTE ANNÉE JE LEUR OFFRIRAI DES CHOCOLATS, VOUS SAVEZ, LES PETITS CARRÉS, LÀ, C'EST BON HEIN ?
ALORS QUOI, C'EST ÇA LA VIE ?
12
ON S'IMAGINE QU'ON A LE TEMPS ET PUIS HOP, MALADIE GRAVE.
CARRÉES Y'A LES PÂTES DE FRUITS AUSSI, C'EST BON AUSSI, LES PÂTES DE FRUITS.
ET MOI QUI SUIS EN PLEIN DANS L'ÂGE DES CANCERS FULGURANTS !
DE TOUTE FAÇON QU'EST-CE QU'ON ESPÈRE ?
RHAAA, ET TOUS CES CONS DE GENS TELLEMENT CONTENTS D'EUX ! LES CONS.
SANS PARLER DES VIEUX ! ET DES TRÈS VIEUX ! DES VIEUX BOUTS DE VIEUX.
SALES VIVANTS DE VIEUX ! TROUPEAUX DE BIEN-PORTANTS !

ALORS M, N, NAUFRAGE, NAZI, NERVEUX, NITROGLYCÉRINE, NOCIF, NODULE.
NODULE : PETITE NODOSITÉ. EX : NODULE CANCÉREUX. C'EST BIEN CE QUE JE PENSAIS.
ET NODOSITÉ, VOYONS…
ALORS NOËL, NOIR, NOMBRIL… NON MERDE, C'EST DANS L'AUTRE SENS.
NODOSITÉ : VOIR NODULE ET NOUURE.
ALORS NOUGAT, NOUILLE, NOUNOURS, NOUURE !
SHLIP
SHLIP
SHLIP
SHLIP
NOUURE : COMMENCEMENT DE LA FORMATION DU FRUIT.
MERDE
JE BOURGEONNE.
OUH, J'AI LA TÊTE QUI TOURNE ET LES MAINS MOITES, TOUT D'UN COUP.
ET LES JAMBES FLAGADAS ! JE VAIS PAS FAIRE UN MALAISE QUAND MÊME…
DÉJÀ LE CANCER GÉNÉRALISÉ !
C'EST MA FAUTE AUSSI, J'AI JAMAIS SU PROFITER DE LA VIE.
JE ME SUIS SACRIFIÉE POUR LES AUTRES. TOUJOURS BONNE POIRE POUR ALLER FAIRE LA QUEUE À LA POSTE OU MANGER LES GRAINS DE RAISINS TOMBÉS DE LA GRAPPE.

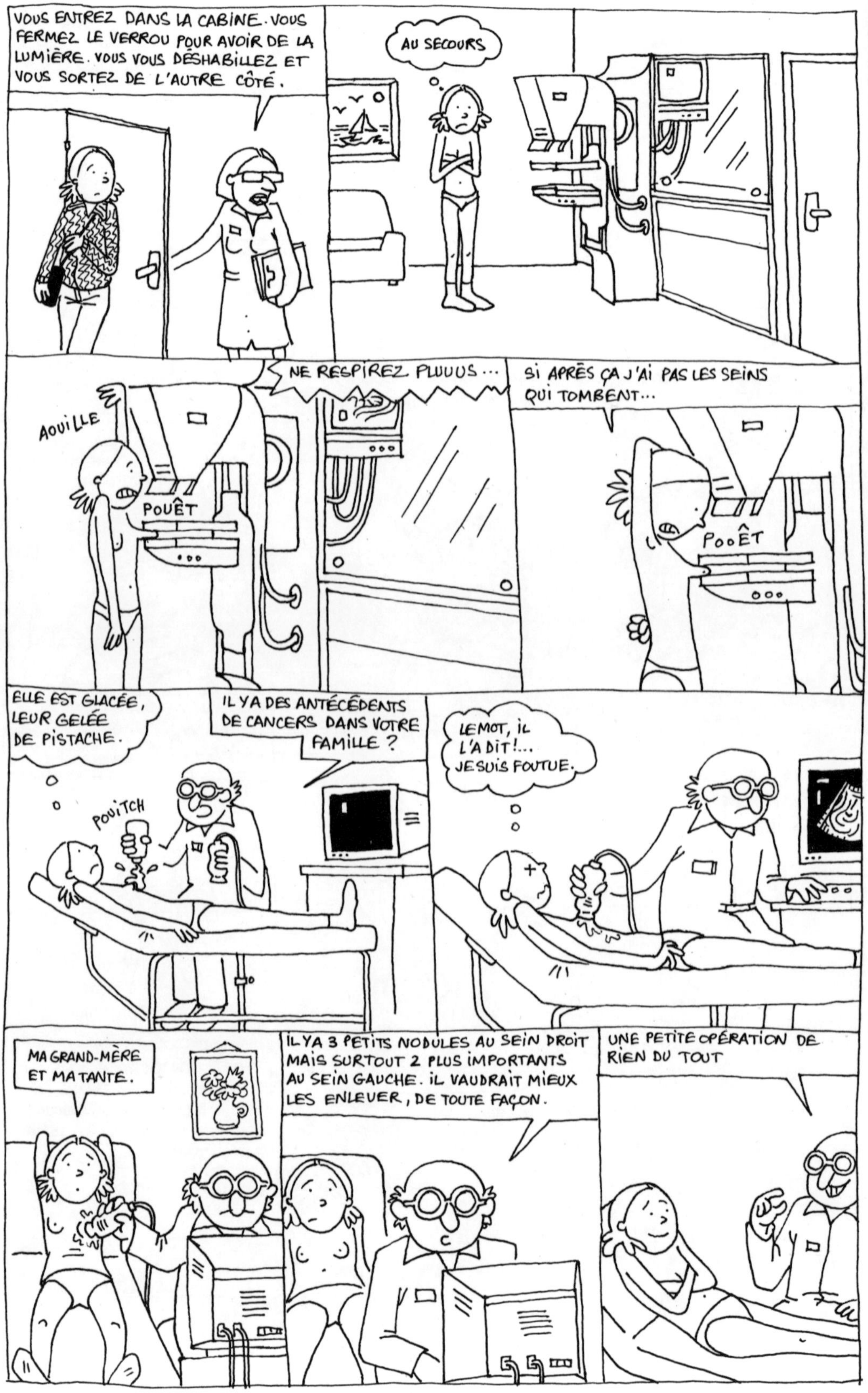

VOUS ENTREZ DANS LA CABINE. VOUS FERMEZ LE VERROU POUR AVOIR DE LA LUMIÈRE. VOUS VOUS DÉSHABILLEZ ET VOUS SORTEZ DE L'AUTRE CÔTÉ.
AU SECOURS
NE RESPIREZ PLUUUS...
AOUILLE
POUÊT
SI APRÈS ÇA J'AI PAS LES SEINS QUI TOMBENT...
POOÊT
ELLE EST GLACÉE, LEUR GELÉE DE PISTACHE.
IL YA DES ANTÉCÉDENTS DE CANCERS DANS VOTRE FAMILLE ?
POUITCH
LE MOT, IL L'A DIT !... JE SUIS FOUTUE.
MA GRAND-MÈRE ET MA TANTE.
IL YA 3 PETITS NODULES AU SEIN DROIT MAIS SURTOUT 2 PLUS IMPORTANTS AU SEIN GAUCHE. IL VAUDRAIT MIEUX LES ENLEVER, DE TOUTE FAÇON.
UNE PETITE OPÉRATION DE RIEN DU TOUT

ON VA TOUS CREVER, DE TOUTE FAÇON ! TÔT OU TARD, ON EST TOUS FOUTUS. ALORS, TARD, TÔT, TARTE AUX POIREAUX TIENS, JE M'EN FOUS !
D'AILLEURS, TIENS, J'EN TUERAIS BIEN QUELQUES-UNS MOI-MÊME !
JE TUERAIS EN PREMIER CEUX QUI N'ONT PAS PEUR DE LA MORT... ÇA LEUR APPRENDRA !
ET PUIS TOUS CES GENS SINGULIERS, VOUS SAVEZ, QUI ONT LEURS FAÇONS BIEN À EUX, QUI NE SONT PAS INFLUENÇABLES...
HOP !
ET CEUX QUI COMPRENNENT TOUJOURS TOUT TRÈS VITE.
POUM !
POUM !
ENSUITE, JE TUERAIS LES AUTRES, POUR CAMOUFLER LE MOBILE.

J'AI TOUJOURS PENSÉ QUE, FACE À UNE MALADIE GRAVE, L'ÊTRE HUMAIN ACQUÉRAIT UNE SORTE DE SAGESSE SUPÉRIEURE. LE TRUC QUI ÉPATE L'ENTOURAGE. ON PARLE DE LUI DOUCEMENT, ON EN TIRE DES LEÇONS DE COURAGE.
MACACHE OUI ! LA MALADIE, C'EST INJUSTE, C'EST DÉGUEU !
POURQUOI ÇA TOMBE SUR MOI ? J'EN VEUX PAS !
LES ÉTAPES PROGRESSIVES DE LA SOUFFRANCE VERS LA DIGNITÉ SUPRÊME, ET L'APPRIVOISEMENT DE LA MORT, ÇA NE M'INTÉRESSE PAS.
PFF, J'ARRIVE PAS À PLEURER.
J'AI MÊME PAS ENVIE D'EN PLEURER.
GLOP
HEIN, MON PETIT CANCER À MOI. ON N'A QU'À BIEN S'ENTENDRE. JE TE FAIS PAS DE MAL, JE TE GARDE. ET TOI, TU ME TUES PAS, D'ACCORD ?
MMH ?
JE VEUX PAS REVENIR À L'HÔPITAL... LEURS POSTERS SONT TROP MOCHES.

BON, JE VAIS PENSER À DES CHOSES TRÈS GRAVES QUI POURRAIENT ARRIVER, HISTOIRE DE PLEURER UN BON COUP.
ET COMME ÇA, EN PLUS, SI JUSTEMENT J'Y AI PENSÉ, ELLES N'ARRIVERONT PAS.
FORCÉMENT !
HOP !
VOYONS : JE N'EN AI PLUS QUE POUR QUELQUES JOURS. MES AMIS SE FONT TOUS ESTROPIER DANS UN ACCIDENT D'AUTOBUS. LE VIRUS EBOLA DÉBARQUE À ROISSY. LES CENTRALES NUCLÉAIRES RUSSES SE METTENT À FUIR DE PARTOUT. EL NIÑO RAVAGE ENTIÈREMENT LA PLANÈTE...
ET TITOTO LA BACTÉRIE RÉSISTE DÉFINITIVEMENT À TOUS LES ANTI-TITOTO.
ÇA ME FAIT PAS PLEURER.
RRRON

TOUS CES PETITS BRUITS DE LA VIE DE TOUS LES JOURS, JE LES AIMAIS BIEN QUAND MÊME.
CLING CLING
FRANCE INFO IL EST 8H00
OUI
TCHIP TCHIP
ON PEUT TELLEMENT DÉCIDER QU'ON AIME.
QU'ON AIME LES CRÊPES AU CHOCOLAT, LES DRAPS PROPRES, L'ODEUR DU MAGNOLIA, UN HOMME QUI PASSE PAR LÀ...
TAXI
...
QU'EST-CE QU'ON DEVIENT CON, QUAND ON VA MOURIR !
?
MERCI ... ADIEU
HOPITAL PRECKER

PAUVRES MÔMES, À PEINE NÉS ET DÉJÀ DES TUYAUX PARTOUT
SECTEUR JAUNE PORTE 15
T'AS EU DES NOUVELLES DE NICOLE ?
TU SAIS QUE SA MÈRE A UNE SCLÉROSE EN PLAQUES ?
ILS BOSSENT DANS LA MALADIE ET À LA PAUSE, ILS PARLENT DE MALADIE. MAIS COMMENT FONT-ILS ?
324
PAS VOMIR PAS VOMIR
325
C'EST UN RÊVE QUE JE FAIS, HEIN ? C'EST PAS POUR DE VRAI ?
ADMISSIONS
VOUS ÊTES BIEN À JEUN ?
OUI OUI
NON, PAS MAINTENANT ! PAS PLEURER, PAS PLEURER !
HMGN
'JOUR MADAME
DÉSHABILLEZ VOUS ENTIÈREMENT. ON VIENDRA VOUS CHERCHER.
C'EST PARTI LA DEMOISELLE, EN AVANT ÇA ROULE !
WOUT WOUT

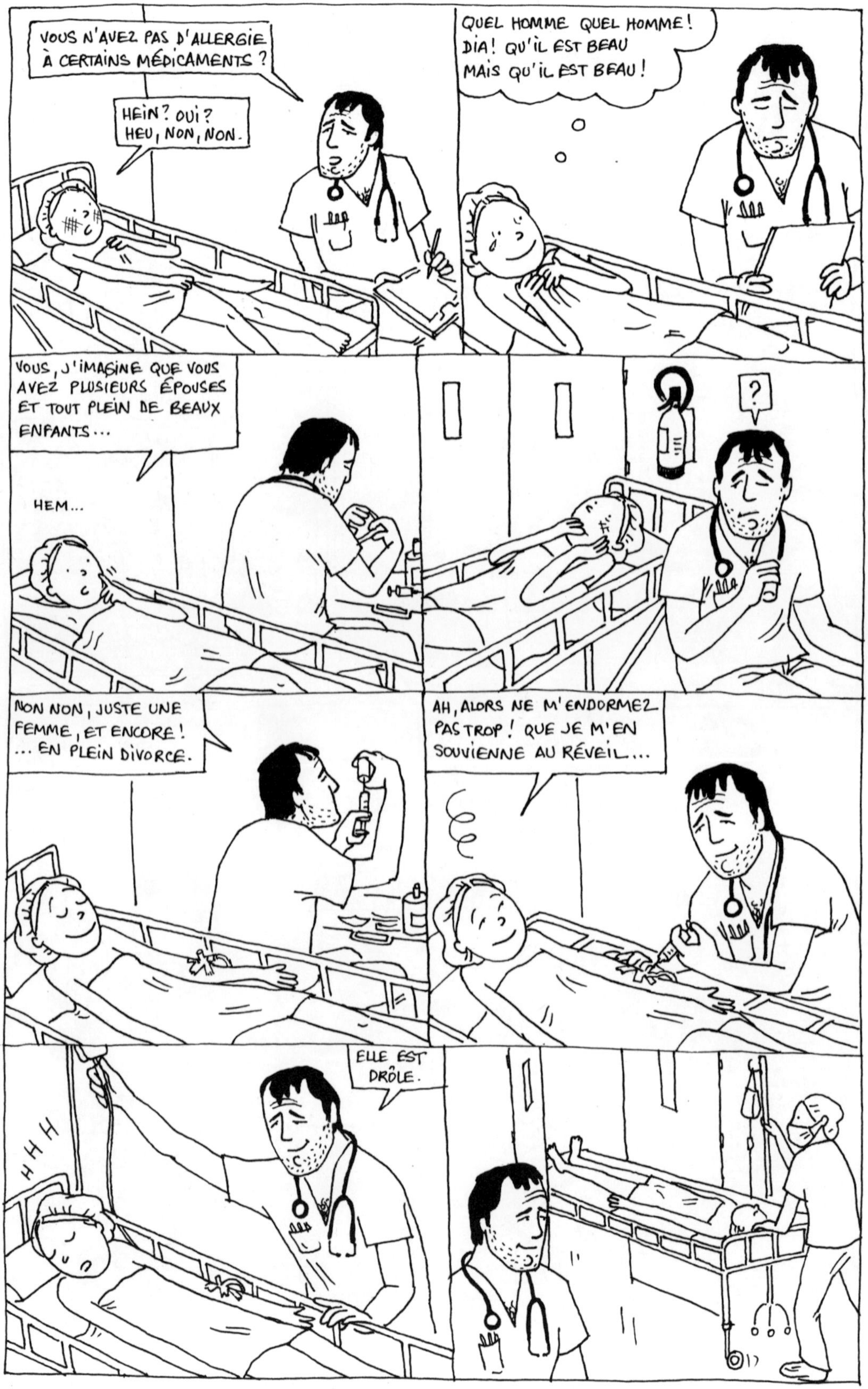
VOUS N'AVEZ PAS D'ALLERGIE À CERTAINS MÉDICAMENTS ?
HEIN ? OUI ? HEU, NON, NON.
QUEL HOMME QUEL HOMME ! DIA ! QU'IL EST BEAU MAIS QU'IL EST BEAU !
VOUS, J'IMAGINE QUE VOUS AVEZ PLUSIEURS ÉPOUSES ET TOUT PLEIN DE BEAUX ENFANTS...
HEM...
?
NON NON, JUSTE UNE FEMME, ET ENCORE ! ... EN PLEIN DIVORCE.
AH, ALORS NE M'ENDORMEZ PAS TROP ! QUE JE M'EN SOUVIENNE AU RÉVEIL...
HHH
ELLE EST DRÔLE.

ÇA VA MA CHÉRIE?
ÇA VA DIS?
COMMENT TE SENS-TU?
MMH? MAIS QUI ÊTES-VOUS?
TIENS, ARNAUD, TOI QUI SAIS TOUT, TU PEUX M'EXPLIQUER CE QUE ÇA VEUT DIRE "NO WOMAN NO CRY"?
EUH, NON FEMME, NE PLEURE PAS, TOUT IRA BIEN ETC...
AH BEN BONJOUR LA SYNTAXE, LE BOB!
?
QU'EST-CE QUI TE FERAIT PLAISIR, ARMELLE?
UN PONEY
NON EN FAIT, QUE VOUS PARTIEZ TOUS, ÇA M'IRAIT ASSEZ.
MERCI! À BIENTÔT!
POUF, J'ME SENS SI USÉE! AH, JE M'FERAIS BIEN PLAINDRE ENCORE QUELQUES ANNÉES, MOI, AVANT DE MOURIR...
HGN

ANNE BARAOU & FANNY DALLE-RIVE. DÉCEMBRE 2001.

PAS L'OMBRE D'UN HOMME RÉCONFORTANT.

JE N'AI QUE DES AMOURS PRUNEAUX.
DES QUOI ?

C'EST MARINE QUI APPELLE ÇA COMME ÇA.
UNE FOIS, ELLE EST TOMBÉE AMOUREUSE D'UN GARS. ILS SE VOYAIENT SOUVENT, S'ENTENDAIENT SUPER BIEN, MAIS LA SEULE CHOSE QU'IL S'EST PASSÉ ENTRE EUX C'EST QU'UN JOUR IL LUI A OFFERT DES PRUNEAUX.

ELLE N'A JAMAIS SU S'IL ÉTAIT HOMO, IMPUISSANT, ALLUMEUR OU QUOI ... MAIS ELLE EN A TIRÉ CETTE EXPRESSION.

2
Marine Sex

HIC BIBITUR !
VOUS AVEZ PRIS DE L'AVANCE, ON DIRAIT...
PAS DU TOUT, C'EST DE L'ÉTRUSQUE.
ENFIN C'EST RABELAIS
QUI DANS GARGAN
SAWT SAWT, ENTREZ !
FAITES COMME CHEZ VOUS, JE REVIENS DE SUITE
HOULÀ ! PAS PROF, PAS PROF !
ON EST ENTRE JEUNES, ON NE DONNE PAS DE LEÇONS. ON NE PARLE DE RIEN QUI REMONTE À PLUS DE 5 ANS.
ALLEZ, AMUSE-TOI
MERCI, FALLAIT PAS
J'ARRIVE, JE RAMÈNE DES BOUTEILLES !
AH ÇA COURT ! ELLE COURT, LA FEMME D'AUJOURD'HUI... VOUS AUSSI J'IMAGINE, VOUS ÊTES UNE FEMME QUI COURT ?
NON, MOI JE SUIS LA FEMME QUI COURUT.
POURQUOI IL ME VOUVOIE, CELUI-LÀ ? J'AI QUE 40 ANS, MERDE.

TU VEUX SAVOIR TON ÂGE EN MONNAIE UNIQUE ?
?
SECOUEUR DE POUDRE.
OUI, JE PASSE UNE BONNE PARTIE DE MON TEMPS DE TRAVAIL À SECOUER LES CARTOUCHES DE TONER POUR FAIRE LE PLUS DE PHOTOCOPIES POSSIBLE AVEC.
ET SINON ? TU ES DU GENRE RÉCONFORTANT, TOI ?
DÉSOLÉ, JE NE PARLE PAS L'ÉTRUSQUE.
DÉJÀ 36 BOUTEILLES VIDES, MAIS, EN EUROS, ÇA NE FAIT QUE
PARDON JE T'AI BOUSCULÉ.
CROCHETASTES-VOUS ONCQUES BOUTEILLES ?
C'EST DE L'ÉTRUSQUE ?
POP !
BEN NON C'EST DU FRANÇAIS !
!
AH OUI ELLE EST BIEN BOURRÉE, MICHÈLE !

TU LA VERRAIS, BELLE COMME LA LUNE EN SON PLEIN.
J'AURAIS DÛ APPORTER MES DISQUES D'ALAIN BARRIÈRE !
IL FAIT DE LA MUSIQUE, ALAIN ?
MMM
ALORS ÇA, TU VOIS, JE M'EN GRATTE LE POUCE !

AAAH !

AAAAH !

YA ... YA ... YA ...

Y'A UNE PEAU DE POISSON DANS L'ÉVIER !
QUI REMUE QUAND ON FAIT COULER DE L'EAU.
RÔPF
C'EST AFFREUX.
AH OUAIS C'EST PRESQUE VIVANT.
HÉHÉ, HÉ HÉ HÉ...
NOOO WOMAN NO CRY
TOUCHE UN PEU POUR VOIR.
HÉ NON HÉ, C'EST DÉGUEU.
NOOO WOMAN NO CRY
QU'EST-CE QU'ON DISAIT ?
SI QUELQU'UN ME CHERCHE, NON RIEN.
FLAP

BISOU MARINE, C'ÉTAIT BIEN SYMPA !
À BIENTÔT TCHAO !
AREVOIR !
ALORS MOI JE SUIS FATIGUÉE.
ET PUIS JE SENS LE VIN.
ALORS LES GARÇONS
TOUT LE MONDE IL VA RENTRER CHEZ LUI
ET ME LAISSER DORMIR.
C'EST VRAI QU'IL EST 6 HEURES.
MAIS, ÇA FAIT PAS SI TARD, EN DOLLARS !
J'PEUX RESTER CE SOIR, COMME ÇA DEMAIN JE RÉPARERAI TA DOUCHE, D'ACCORD ?
QU'EST-CE QU'IL DIT L'AUTRE LÀ ?
T'ES SÛRE QUE J'PEUX PAS RESTER, ALLEZ...
TATATA, OUSTE OUSTE !
CIRCULEZ, RENTREZ CHEZ VOUS ! JE VOUS JURE QUE JE PUE LA VINASSE.

BRUCE
LEE
BRUCE
DRUUU
BRUCE
MMH
DRUUU
COMME C'EST GENTIL STÉPHANE. OUI BON BEN VIENS DEMAIN POUR M'AIDER SI TU VEUX, D'ACCORD.
LEE
COMMENT ÇA ON EST DEMAIN ?
DRRING
AH OUI DÉJA... BON, À TOUT À L'HEURE ALORS...
DRRRING
MAIS TU ES SUPERMAN, DIS-MOI !
J'AI PRÉFÉRÉ T'APPELER AVANT DE SONNER...
PFF, TANT PIS. ALLEZ, ENTRE QUAND MÊME.

JE N'AI PAS PU VENIR HIER SOIR. J'ÉTAIS DE GARDE. JE ME SUIS DIT QUE JE POURRAIS PASSER T'AIDER À RANGER...
...Y A JAMAIS PERSONNE POUR RANGER.
JE N'AI PAS VRAIMENT LES IDÉES CLAIRES POUR L'INSTANT.
C'EST PAS GRAVE, JE M'OCCUPE DE TOUT.
ATTENDS, ATTENDS.
MMH...
D'ABORD, ON VA PRENDRE UNE DOUCHE.
ENSUITE ON SE LÉCHOUILLE PARTOUT. PUIS, ON FAIT LA SIESTE.
APRÈS ON RANGERA. D'ACCORD ?

12 HIGH
BONJOUR 'GOLINE, 'JOUR MAMAN.
TU SENS L'HOMME.
BIZ
BIZ
PASSONS DONC À TABLE C'EST, EUH, PRESQUE CUIT.
VOILÀ !
C'EST PAS MAL, UNE SAUTEUSE, POUR LES PETITS LÉGUMES. OU POUR LE LAPIN AU CURRY.
BOF, LE LAPIN, C'EST PLEIN D'ANTIBIOTIQUES.
PAPA VA BIEN ?

UGOLINE M'A DIT QUE TU AVAIS RENCONTRÉ QUELQU'UN.
OH TU SAIS, MOI, PEU M'IMPORTE - DU MOMENT QU'IL PERD PAS LA TÊTE ET QU'IL SAIT TROUVER SA QUÉQUETTE.
POUAF!
TU TROUVES ÇA DRÔLE, TOI?
BEN, OUI.
TIENS, SERVEZ-VOUS!
OH, DES BRO-CO-LIS!
VOTRE PÈRE AVAIT HORREUR DES BROCOLIS.
MAIS COMMENT VA-T-IL, ALORS?
CH'EST DÉLICHIEUX.

MMM
SCRIT
SCRIT
MMM

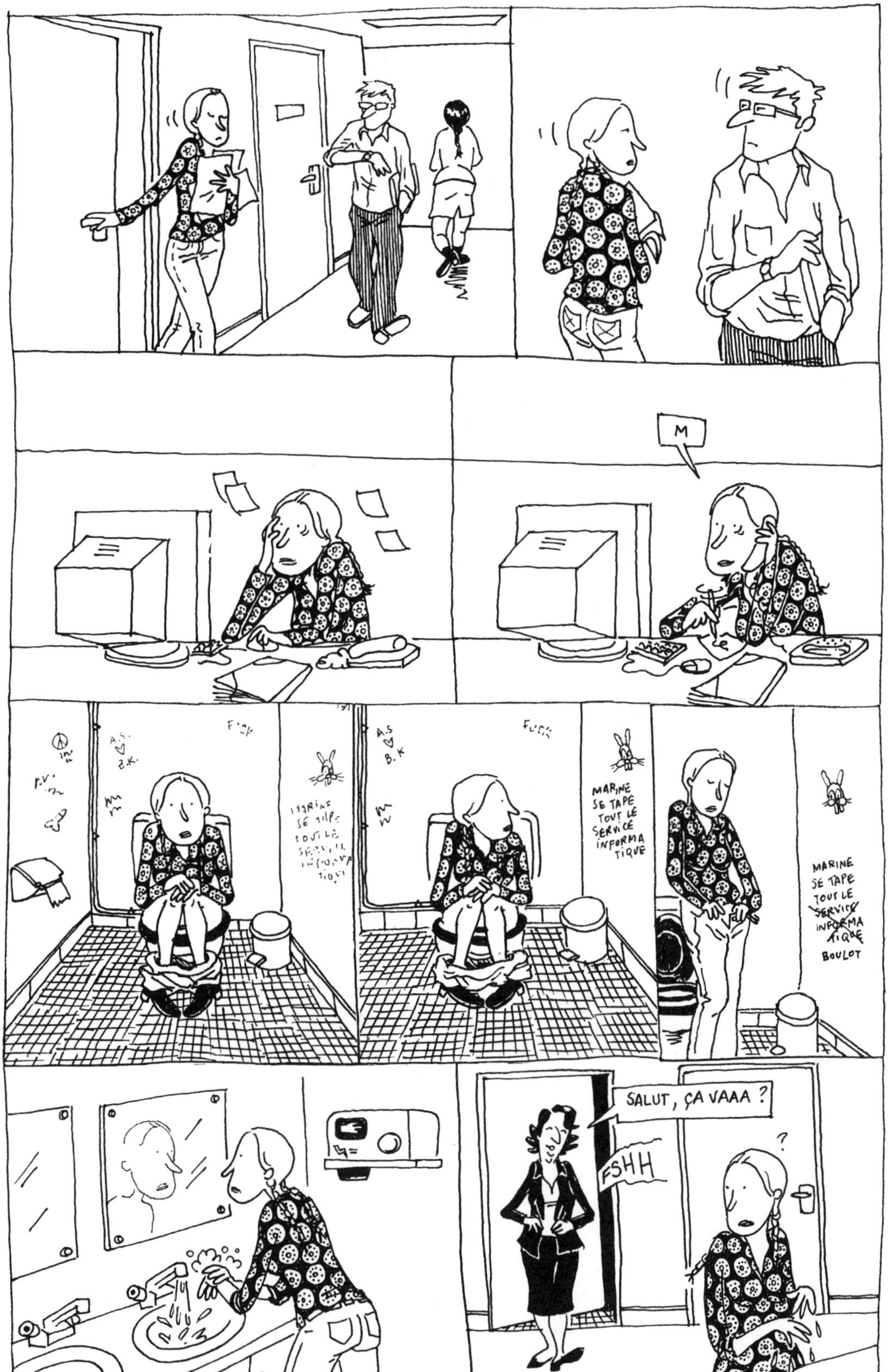

M
A.S. ♡ B.K.
MARINE SE TAPE TOUT LE SERVICE INFORMATIQUE
A.S ♡ B.K
FUCK
MARINE SE TAPE TOUT LE SERVICE INFORMATIQUE
MARINE SE TAPE TOUT LE SERVICE INFORMATIQUE
BOULOT
SALUT, ÇA VAAA ?
FSHH
?

Y A PAS MAL DE TRAVAAAAIL, HEIN ?
YEN A.
MAIS ALORS TOI C'EST DAING. ON TE PRÊTE LES PLUS BEAUX AMANTS. JE NE SAIS PAS COMMENT TU FAIS.
C'EST SI DUR DE SE FAIRE DRAGUER.
JUSTEMENT, JE NE ME FAIS PAS DRAGUER.
AH ?
QUAND ILS METTENT TOUTE LEUR ÉNERGIE À TE TOURNER AUTOUR, À T'INVITER ICI OU LÀ, À TE FAIRE LES YEUX DOUX, ÇA DEVIENT DIFFICILE DE SAVOIR SI TU LEUR DIS OUI POUR LES RÉCOMPENSER OU PARCE QUE TU EN AS VRAIMENT ENVIE.
MAIS COMMENT TU FAIS, ALORS ?
VOUS VOULEZ TOUTES ÊTRE CHOISIES, DÉSIRÉES POUR VOUS SEULES. MOI JE DIS " ON SE LÉCHOUILLE PARTOUT ?" ET VOILÀ.
AH QUAND MÊME !...
OU ALORS JE LEUR GRIMPE DESSUS ET JE ME REMUE TOUT PLEIN. ÇA LES FATIGUE PAS TROP, ÇA BALLOTTE LES NICHONS, ET HOP, CHALALA EN MÊME TEMPS TOUS LES DEUX.
JE NE DEVRAIS PEUT-ÊTRE PAS PARLER SI OUVERTEMENT À CETTE NOUVELLE COLLÈGUE...

BONSOIR MADEMOISELLE.
IL DOIT Y AVOIR UN PROBLÈME AVEC VOTRE BAIGNOIRE. ÇA CRAQUÈLE LA PEINTURE DE LA CAGE D'ESCALIER.
TIENS, OUI, C'EST SANS DOUTE MA DOUCHE.
LÀ, VOYEZ.
AH BON ? UNE DOUCHE ?
VRAIMENT ? VOUS, UNE DOUCHE ?
?

UNE DOUCHE? VOUS? QUI ME FAIT!
PFF!
VOUS, UNE DOUCHE?
HEK HEK HEK
ATTENDS ATTENDS...
VRAIMENT, UNE DOUCHE?
RHRHRH
OH, DIS, J'AI VU ARMELLE HIER. DEPUIS SON OPÉRATION, ELLE EST COMPLÈTEMENT DANS LES NUAGES.
AH BON?
BAH, JE CROIS BIEN QU'ELLE EST AMOUREUSE.
SUZIE, DIS-MOI. TU ME TROUVES TROP LIBRE?
JE TE DEMANDE ÇA PARCE QU'AU BOULOT, Y'A UNE NOUVELLE QUI A L'AIR DE ME PRENDRE POUR UNE NYMPHO OU J'SAIS PAS QUOI.

NOOON, JE CONNAIS AU MOINS TROIS TYPES AVEC LESQUELS T'AS PAS COUCHÉ.
CALOMNIE !
D'ACCORD, DISONS QUE J'EN CONNAIS TROIS CENTS MOCHES ET UN OU DEUX MIGNONS.
MAIS DES MIGNONS, SI J'EN CONNAIS DIX EN TOUT C'EST LE BOUT DU MONDE ALORS, ÇA TE LAISSE PAS BEAUCOUP DE MARGE.
POURTANT, JE PASSE MON TEMPS À DIRE NON !
À CAUSE DES TROIS CENTS, ÉVIDEMMENT !
SI AU MOINS T'ÉTAIS ALLUMEUSE, JE SERAIS MOINS JALOUSE.
MAIS JE DIS NON À DE TRÈS CHARMANTS AUSSI...
OUAIS OUAIS OUAIS
FFH
J'TE RESSERS ?

TIENS, À MON BOULOT, Y A UN INTÉRIMAIRE TOUT CE QU'IL Y A D'ATTIRANT. EH BIEN J'AI DÉJÀ DÉCIDÉ DE M'EN DÉSINTÉRESSER.
OH OH... PASSIONNANT...
TU NE SERAIS PAS UN PEU TOMBÉE AMOUREUSE DE LUI, PLUTÔT?
QUOI ?
TOUT LE MONDE EST FORCÉMENT AMOUREUX, AVEC TOI !
J'AIMERAIS MIEUX "FORCÉMENT AMOUREUX DE MOI."
TE FÂCHE PAS, MARINE !
"LIBRE", "LIBÉRÉE", C'EST PAS UNE INSULTE.
CE QUI EST VRAI, C'EST QUE JE NE SAIS PAS ROMPRE. ROMPRE... C'EST ENNUYEUX, ÇA D'ACCORD.
ÇA FAIT QUE... TOUT SE CHEVAUCHE.

AMOUREUSE ! ET PUIS QUOI !
MOI, AMOUREUSE !
AMOUREUSE DANS MA BAIGNOIRE, C'EST ÇA ?
LALALA LE BAIN MOUSSANT !
NON MAIS !
JE VAIS ME DÉBARRASSER DE CE GARÇON ET ON N'EN PARLERA PLUS.
OGE

SERVICE DU PERSONNEL
AH JACQUELINE, JE VOUS CHERCHAIS.
MONSIEUR LEROY M'A DEMANDÉ LES COORDONNÉES DE L'INTÉRIMAIRE RÉSEAU DE LA SEMAINE DERNIÈRE.
AH? MAIS POUR QUOI FAIRE?
...
JE N'EN SAIS RIEN. C'EST MONSIEUR LEROY. JE CROIS QUE C'EST POUR L'AGENCE OUEST, ILS ONT BESOIN ... QUELQUE CHOSE COMME ÇA.
BON BON ATTENDEZ UNE MINUTE.
WOOUIT
VOILÀ.
VOILÀ SA FICHE.
MERCI BIEN JACQUELINE.
MAIS YA PAS D'QUOI MA PETITE MARINE, YA PAS D'QUOI.

LE ROY
17
BONSOIR.
BONSOIR.

C'EST CERTAIN, J'EN SUIS SÛRE. ARMELLE EST AMOUREUSE.
AH OUI ? DE QUI, ALORS ?
BEN, JE N'AI PAS BIEN COMPRIS.
TIENS, TU SAIS, LE TYPE DONT JE T'AI PARLÉ L'AUTRE JOUR...
EH BIEN, J'AI DÉJÀ, EUH, QUASI ROMPU.
BIEN BIEN. TRÈS BIEN MÊME.
D'AILLEURS, DIS-MOI, À TOUT HASARD, IL SERAIT PAS DU GENRE RÉCONFORTANT ?
?

AH, MONSIEUR GRUMEAU, ON M'A DIT QUE VOUS VOUS OCCUPIEZ DE L'IMMEUBLE.
TOUT À FAIT. JE SUIS LE PRÉSIDENT DES COPROPRIÉTAIRES.
JE VOULAIS JUSTE VOUS PRÉVENIR QUE...
JE VAIS FAIRE RÉPARER LA FUITE DE MA DOUCHE...
QUI CRAQUÈLE LA PEINTURE, LÀ.
AH, C'EST UNE DOUCHE QUE VOUS AVEZ?
J'ÉTAIS PERSUADÉ QUE VOUS AVIEZ UNE BAIGNOIRE.

COMMENT PEUT-ON ÊTRE PERSUADÉ QUE QUELQU'UN A UNE BAIGNOIRE ?
HÔTEL
CAFÉ ?

DIS, VÉRA, À L'INTÉRIEUR, LES NOIRS, ILS SONT NOIRS AUSSI ?
NON, À L'INTÉRIEUR, TOUT LE MONDE EST ROUGE, LES NOIRS COMME LES BLANCS.
STÉPHANE, OUI. C'EST QUE, NON, EN CE MOMENT, JE NE PEUX PAS.
JE SAIS BIEN QU'ON SE CONNAÎT DEPUIS DES ANNÉES...
JE SAIS BIEN.
QUAND J'AI DIT ÇA, ELLE N'A PAS DU TOUT RÉAGI.
ALORS, C'EST QU'ELLE NE DOIT PAS ÊTRE AVEC LUI
Y A QUAND MÊME UNE JUSTICE.
OUAIS, EN ATTENDANT, MOI NON PLUS, JE SUIS PAS AVEC LUI.
ATTENTION! LA VOILÀ!
PARLONS D'AUTRE CHOSE, VITE.
OUI MAIS PAS DU F
JE T'ASSURE, C'EST EXTRA LE FÉBRÈZE, TU DEVRAIS ESSAYER.

ÇA FAIT TROIS JOURS QU'ON PARLE DU FÉBRÈZE QUAND ELLE APPROCHE.
ÇA VA SE VOIR.
TU VEUX QU'ON PARLE DE QUOI ? DE PARTOUZER ?
BOF.
C'EST POUR LES VIEUX, ÇA, LA PARTOUZE, NON ?
ZUT, LA REVOILÀ !
ALORS QUOI ?
Y'A SANS DOUTE QUELQUE CHOSE ENTRE LE FÉBRÈZE ET LA PARTOUZE...
MINCE, J'AI OUBLIÉ DE PHOTOCOPIER CETTE PAGE-CI.
OUF !
ON A EU CHAUD.

NGERIE
COMMENT FAIRE ?
ALLEZ, SALUT. TU M'APPELLES, J'SRAI CHEZ MOI.
EUH, TU VEUX DIRE, EUH, CHEZ TA MÈRE OU CHEZ TA MEUF ?
À MOINS QUE ... OUI, PEUT ÊTRE.
PEUT-ÊTRE QU'IL SAURAIT EN FINIR LUI, SI JAMAIS...
APRÈS TOUT, RIEN NE M'EMPÊCHE DE LUI PRÉSENTER QUELQUES COPINES EN MANQUE.

YEN A BIEN UNE QUI VA FINIR PAR LUI PLAIRE.
BON. EN AVANT LA TARTE.
MIAM, TU LA FAIS COMME MA MÉMÉ !

C'ÉTAIT DÉLICIEUX, MARINE. MERCI BEAUCOUP.
IL N'AIME PERSONNE, TU AIMES TOUT LE MONDE. VOUS ÊTES FAITS L'UN POUR L'AUTRE. FÉLICITATIONS.
JUSTE UN PETIT DERNIER ALORS.
J'ÉTAIS EN TRAIN D'EXPLIQUER QUE JE SUIS AMOUREUSE DE QUELQU'UN MAIS QUE JE NE ME SOUVIENS PAS DE QUI.
ET POURTANT JE SUIS SÛRE D'ÊTRE AMOUREUSE.
SEULEMENT DE QUI JE NE SAIS PAS.
NON. JE N'ARRIVE PAS À ME SOUVENIR.

ALORS, VOUS POUVEZ ME RÉPARER ÇA, DITES ?
BEN, C'EST QU'C'EST PAS UNE FUITE ÇA. C'EST D'LA CONDENSATION. À CAUSE DES TUYAUX DANS LA CLOISON.
SI VOUS AVIEZ UNE BAIGNOIRE CE S'RAIT PLUS SIMPLE PARCE QU'ON
ÉCOUTEZ, VOILÀ LES CLEFS. METTEZ-MOI UN JACUZZI, UN HAMMAM ET UNE PISCINE À VAGUES.
?
BILILIBIP BILILIBIP
AH MARINE! J'AI PAS BIEN SAISI TON MESSAGE. TU VEUX DIRE QU'ON NE SE VOIT PLUS ?
OUI THOMAS.
MAIS ON COUCHE ENSEMBLE ENCORE UN PEU QUAND MÊME.
J'AI PAS LE TEMPS LÀ. JE DOIS RACCROCHER. ALLEZ, BISOU.
17

MARINE, LA DRAGUE M'ENNUIE, LES RUPTURES M'ENNUIENT.
MIEUX VAUT LE SAVOIR, JE NE SUIS QU'INERTIE.
AH OUI, INERTIE, OUI, ATTENDS.
COMME C'EST LA DEUXIÈME FOIS QUE TU M'EN PARLES, JE SUIS ALLÉE VOIR.
LA DEUXIÈME FOIS... TU VOIS, DÉJÀ...
INERTIE THERMIQUE : CAPACITÉ D'UN CORPS À EMMAGASINER ET À RESTITUER DE LA CHALEUR.
BON.
Y A AUSSI INERTIE MÉCANIQUE : PROPRIÉTÉ QUI FAIT QUE LES CORPS NE PEUVENT MODIFIER PAR EUX-MÊMES LEUR ÉTAT DE REPOS OU DE MOUVEMENT.
INERTIE, ÇA ME VA.

ANNE BARAOU & FANNY DALLE-RIVE. FÉVRIER 2003.

TU VIENS D'ARRIVER ?
NON NON JE SUIS LÀ DEPUIS LE DÉBUT.
AH BON, T'ES SÛRE ?

TIENS MICHÈLE ! ÇA FAIT HYPER LONGTEMPS !
BEN, ON S'EST VUES CHEZ TA SOEUR LA SEMAINE DERNIÈRE !
AH BON, T'ES SÛRE ?

TON LIVRE ALORS, IL EST PARU ?
OUI, ÇA FAIT DANS LES DEUX ANS. IL EST DÉJÀ AU PILON, LÀ.
AH BON, T'ES SÛRE ?

MUSIL, IL A DIT QU'IL FALLAIT SORTIR DES CHOSES POUR POUVOIR LES DÉCRIRE.
INVISIBLE COMME JE SUIS, MOI, JE VAIS POUVOIR TOUT SUPER BIEN DÉCRIRE !

3

Michèle Roman

COLLEGE LYCEE
LA MITOCHONDRIE COMPORTE DEUX MEMBRANES.
¿CON QUÉ SUEÑA USTED?
CHABOSY, TAISEZ-VOUS!
205
207
SALLE DES PROFESSEURS
KARAOKÉ À LA SALLE MALRAUX JEUDI 20 H VENEZ NOMBREUX
CAMIF
TIENS MICHÈLE, MA FILLE M'A DIT QU'ELLE T'AVAIT VUE COMPLÈTEMENT PAF SAMEDI CHEZ SA COPINE MARINE.
ALORS, JE NE SAIS PAS POURQUOI, DANS CETTE SOIRÉE DE JEUNES, TOUT LE MONDE S'EST MIS EN TÊTE QUE J'ÉTAIS SAOULE. POURTANT IL N'Y AVAIT, ÉVIDEMMENT, QUE DU MAUVAIS VIN. JE N'AI RIEN BU.
C'EST PEUT-ÊTRE PARCE QUE J'ESSAYAIS DE NE PAS ÊTRE TROP RÉBARBATIVE...
AH ÇA ! POUR LES JEUNES, UN ADULTE JOYEUX N'EST PAS DANS SON ÉTAT NORMAL... MOI ÇA FAIT QUINZE ANS QU'ON ME DIT ALCOOLIQUE !
WHISKY

KARAOKÉ
À LA SALLE MALRAUX JEUDI 20H
VENEZ NOMBREUX
SALUT.
ON M'A DIT QUE TU AVAIS...
PUBLIÉ UN LIVRE.
IL Y A DEUX ANS, OUI.
AH.
ET ÇA PARLAIT DE QUOI ?
BEN...
OUI ?
IL S'AGISSAIT D'UN PRINCIPE UN PEU PARTICULIER... UN LIVRE QUI PEUT SE LIRE SOIT DU PREMIER AU DERNIER CHAPITRE, SOIT À REBOURS, DU DERNIER AU PREMIER.
ON TROUVAIT L'UNE OU L'AUTRE VERSION, AU HASARD, SOUS LA MÊME COUVERTURE. UN PERSONNAGE GRANDISSAIT TANDIS QUE SA SOEUR RAJEUNISSAIT DANS UN SENS, VICE VERSA DANS L'AUTRE, À RAISON D'UN CHAPITRE CHACUN, EN ALTERNANCE, QUI SE PASSAIT... BREF.
TU VOIS, COMME UN SABLIER, AVEC AU CENTRE UN GOULOT, CELUI DE L'ADOLESCENCE, OÙ...
AH.
EXCUSE-MOI, C'EST UN PEU DIFFICILE À DÉCRIRE EN DEUX MOTS.
BIEN SÛR !
JE VAIS QUAND-MÊME NOTER LE TITRE.

DRRRRRRRRRING
BRRR
BRR
BRR
BRRRR
BRRR
OOOOUHHHH
HAAAAAAAAAAA
ON Y VA ?
VOLONTIERS.
LA BITTE
LA CHATTE
NINE INCH NAILS

QU'EST-CE QU'IL Y A ?
REGARDE CE GARÇON, IL TIENT SA COPINE COMME S'IL VOULAIT LA KIDNAPPER.
HYPE & MODE
SOLDES
-20%
-30%
J'AI PENSÉ À UN SUJET DE NOUVELLE, OU DE ROMAN PEUT-ÊTRE.
-20%
UNE FEMME SACRIFIE SES DERNIÈRES ANNÉES DE FERTILITÉ POUR UN HOMME QUI NE LUI FAIT PLUS L'AMOUR.
-30%
HERVÉ NE TE FAIT PLUS L'AMOUR ?
C'EST UN SUJET DE ROMAN !
AH TU ME RASSURES.
TIENS, JE VAIS ESSAYER ÇA ; J'EN AI POUR UNE MINUTE.
ELLE N'A PAS DIT CE QU'ELLE EN PENSAIT.

AH AH "C'EST UNE MANIÈRE COMMODE DE VIVRE QUE DE SE CROIRE GRAND D'UNE GRANDEUR POTENTIELLE".
BIEN DIT ÇA, BIEN DIT.
BLABLA VOUS INFORME DU CHANGEMENT DE CODE DE LA PORTE D'ENTRÉE DE L'IMMEUBLE À DATER DU BLABLABLA.
93854B
93854B
CLIC CLOK
ALORS, 93 = ACADÉMIE DE SAINT-DENIS. 54 = NANCY. OU BIEN 1954 = L'ABBÉ PIERRE
MIÂÂ?
RESTE UN 8 AU BEAU MILIEU.
MÂOURL RRR RR
LES 8 DOIGTS DE LA MAIN? LES 8 MERVEILLES DU MONDE? ZUT.
AH, LA FÊTE FORAINE!
MEOÛRL
DONC, 93854 = L'ABBÉ PIERRE FAIT DU GRAND-HUIT À SAINT-DENIS.
MINOU
SNIF SNIF
MAIS Y A CE B EN PLUS À LA FIN.
MINOU
MLIT MLIT
93854B : UN OEUF VA DE GRENOBLE À NANCY PAR L'ITINÉRAIRE BIS
MLIT MLIT KH KH
93854B : LES TÊT'TA MÈRE SONT EN VACANCES À NOIRMOUTIER EN QUATRE BANDES.
RRR RHRON

LEXIS
ROBERT
LITTRÉ
BON USAGE
DONG
ME V'LÀ !
FAUT L'AÉRER.
POP
J'AI ENCORE LU TROIS NIAISERIES. GENRE "MON PÉPÉ A FAIT 14-18", "MAIS ELLE NE VOULAIT PAS QUE JE LA PRENNE PAR DERRIÈRE", ET "QUAND J'ÉTAIS PETIT J'ÉTAIS PAS GRAND."
RRRR
ET TOI L'INSPIRATION... EN CE MOMENT... OUI ? NON ?
DES PISTES, PEUT-ÊTRE.
TCHIC
RACONTE.

DES PAYSAGES INDUSTRIELS. UNE GARE DE TRIAGE. TU SAIS, CES WAGONS DE CÉRÉALES AU PROFIL D'ENCLUME, COMME SERRÉS À LA TAILLE. ET AUSSI CES WAGONS CITERNES, PLUS BEDONNANTS.
UNE ARCHITECTURE DE BRIQUES, DES SHEDS.
UN BUNKER AU MILIEU DES VOIES.
JE NE SAIS PAS.
JE SUIS INCONSISTANTE, ABSOLUMENT TRANSPARENTE, LA FEMME INVISIBLE.
POURQUOI TU FAIS PAS DES SCÉNARIOS, OU DES CHANSONS ?
ON ME PARLE À TRAVERS.
NON MAIS C'EST VRAI, T'ÉCRIS SUPER BIEN. SI LE ROMAN C'EST EMBOUTEILLÉ ET LA NOUVELLE IMPUBLIABLE, FAIS DES SCÉNARS, DES PAROLES, DES BRÈVES...
DES BRÈVES ?
MAIS OUI ! T'AS PLEIN D'HUMOUR, FAIS DES GAGS !
DES GAGS...

TIENS, DIS N'IMPORTE QUOI, UN TRUC BATEAU, N'IMPORTE.
EUH, L'HOMME INVISIBLE.
SSRT
TRÈS BIEN, L'HOMME INVISIBLE, YA FORCÉMENT PLEIN DE GAGS À FAIRE AVEC L'HOMME INVISIBLE.
PAR EXEMPLE, LE CACA. LE CACA DE L'HOMME INVISIBLE.
SSRT
GÉNIAL ÇA, LE CACA DE L'HOMME INVISIBLE.
SNF
GLP
OU ALORS, BON, TU RESTES DANS LA LITTÉRATURE MAIS TU RAJOUTES DU CUL, PLEIN DE CUL. C'EST ÇA QUI MARCHE, LES FEMMES QUI ÉCRIVENT SUR LE CUL.
OUI, **AVEC** LE CUL, MÊME.
ISAB, JE NE VEUX PAS "MARCHER", JE VOUDRAIS JUSTE NE PAS LÂCHER.
Z

D'AILLEURS, CE SERAIT PEUT-ÊTRE TÉMOIGNER QUI ME DIRAIT MIEUX, QUI ME CHANGERAIT.
TRAVAILLER SUR LE RÉEL. RÉCOLTER, RASSEMBLER, VOIRE ENQUÊTER.
BAH, C'EST ENCORE FLOU. N'EN PARLONS PLUS.
INVISIBLE TÉMOIN ?
AH LÀ LÀ, JE SENS QUE TU VAS VOULOIR QU'ON SE METTE À PARLER DE MOI, DES ENFANTS, TOUT ÇA... ET C'EST PAS UNE BONNE IDÉE.
Z
ALORS SORTONS DÎNER.
POC
PARIS, C'EST BIEN, C'EST COMME ISTANBUL ! SANG CHAUD ICI, SANG CHAUD !
BAB
KEBAB
BOULETTE
BROCHETTE
DONER
PAS COMME ANVERS ! À ANVERS, TOUS ILS COMPRENNENT LE FRANÇAIS MAIS TOUS ILS RÉPONDENT AUTREMENT, QUE MOI JE COMPRENDS PAS.

il détaillait le menu avec un geste lent d'avant en arrière, refusant ses lunettes. Ça lui donnait l'allure de porter aux choses une considération très mesurée.
9 septembre, croisé un monsieur qui, au moment de marcher dans une flaque d'eau, s'est écarté en s'excusant, auprès de la flaque d'eau, donc
hier, j'ai rêvé qu'on était le 34 décembre.
FFFH!
MEORL
RR
LES ANIMAUX SONT DES BÊTES.
CHANSON :
MOI AUSSI, J'EN AURAI UNE MADELEINE ♫ MOI AUSSI, OUI, MOI AUSSI ♫ J'EN AURAI UNE BIEN PLUS JOLIE QU'LA TIENNE ♫ J'EN AURAI UNE, MOI AUSSI ! ♫
C'EST DÉDÉ, C'EST DÉDÉ, L'AMBULANTE DÉPRESSION ♫ ♫ LA DÉAMBULANTE PRESSION, QUI RÔDE SUR MON FRONT.
ELLE M'AIME ET ELLE ♫ M'ÉMEUEUEUT ! ♪
PFFF.
♫ CETTE FLEUR SALÉE, J'AIME LA CROQUER CÂPRE CAPUCINE, CÂPRE CAPUCINE ♪
IL SACCADE LES SONS, IL AVALE LES MOTS, IL LES BOISSON GAZEUSE IL LES FILTRE DOSEUR. YO ! YO ! L'ASTIRAPEUR.
ALORS, AUJOURD'HUI...
AH ? CE SOIR, COCKTAIL LITTÉRAIRE ? PFF, POURQUOI PAS...

SALON DE THÉ
GLACIER
PIZZA
CAFÉ
THE · CHOCOLAT · GLACES
MICHÈLE !
EMMA !
STEFANO !
YANIS, MICHÈLE.
MICHÈLE, GYULA.
NADINE !
EMMA, MICHÈLE !
ALORÉ, COMMENT VAS-TOU, TOI ?
EUH, JOCKER.
DITES-MOI, J'ÉTAIS TRÈS ÉTONNÉ, DANS VOTRE "BALZAC", VOUS NE PARLEZ PAS DES ANANAS. POURTANT, QUAND MÊME, BALZAC, LES ANANAS...
NON ?
TOU ÉCRIS QUELQUÉ CHOSE, SI ?
JE SUIS CONTENTE DE TE VOIR, J'AVAIS PEUR DE M'ENNUYER ICI.

TOU NE ME RÉPONDS PAS.
VOUS SAVEZ, CETTE HISTOIRE D'ANANAS EST TOUT SIMPLEMENT FAUSSE.
VOUS CROYEZ ?
NON, STEFANO, J'OU N'ÉCRIS PAS.
AH, NE TE MOQUE PAS, EH. C'EST FACILÉ, OUI !
LE THÈME DU PROCHAIN NUMÉRO DE LA REVUE SERA L'EXIL. SI VOUS AVEZ QUELQUE CHOSE, UN ARTICLE, UNE IDÉE, SURTOUT DITES-LE MOI ASSEZ VITE.
STEFANO, L'EXIL, NON ?
JOYCE DIT QUE LES PRINCIPALES ARMES DE L'ÉCRIVAIN SONT L'EXIL, LE SILENCE ET LA RUSE.
ON VA DÎNER À DEUX RUES D'ICI, VOUS NOUS SUIVEZ, N'EST-CE PAS ?
C'EST QUE...
ALLEZ, VIENS.
OUI OUI.
D'ACCORD.
UN PETIT JOURNALISTE ME DEMANDAIT L'AUTRE JOUR : "Y A-T-IL UNE SEULE VRAIE OU BONNE RAISON D'ÉCRIRE ?"
ET TA RÉPONSE, ALORS ?
VRAIE OU BONNE ?
PAUVRE PETIT JOURNALISTÉ, IL A TOURNÉ LE GUIDON SUR LA ROUTE MOUILLÉE.

VOUS, MICHÈLE C'EST ÇA, VOUS ÉCRIVEZ ÉGALEMENT, N'EST-CE PAS ?
OH, SI PEU.
ET POURQUOI ÉCRIT-ON, SELON VOUS ?
EUH, POUR NE PAS AVOIR À SE RÉPÉTER...
ÉCRIRE SERAIT DIRE UNE FOIS POUR TOUTE ?
POURTANT, IL FAUT ALLER RABÂCHER LES MÊMES ARGUMENTS, LES MÊMES ANECDOTES À LA RADIO, À LA TÉLÉVISION...
AH OUI, LA TÉLÉVISION, BIEN SÛR... J'OUBLIAIS LA TÉ-LÉ-VI-SION !
MERDE. LA ROUTE MOUILLÉE... J'AI RATÉ UNE OCCASION DE ME TAIRE. STEFANO, AU SECOURS.
LA PAROLE EST MON ENNEMIE.
EN TOUT CAS, C'EST PAS POUR MANGER QU'ON GRATTE LE PAPIER, EH... PARCE QUE, EN CE MOMENT, IL Y A PLUS DE JOURS QUE DE SAUCISSES.

TOI, AU MOINS, TU AS TES PROVERBES ITALIENS, POUR T'EN SORTIR.
IL FAUT BIEN QUE JE PRATIQUE UN PEU, NON ? QUE JE ME SOUVIENNE.
TU N'Y RETOURNES JAMAIS ?
MA, COMMENT VEUX-TU ? ÇA N'EST PAS POSSIBLE.
PAS POSSIBLE ?
SI J'Y POSE UN PIED, C'EST LA PRISON, TU SAIS BIEN.
LA PRISON ? MAIS NON JE NE SAIS RIEN DE ÇA, MOI. RACONTE...
C'EST TRENTE ANS DE MA VIE, DONT DIX D'EXTRÊME AGITATION. UN PEU DUR À RÉSUMER.
ON SE CROISE DEPUIS DES ANNÉES MAIS JE NE CONNAIS QUE TES LIVRES.
MON HISTOIRE, C'EST LA MÊME QUE DES CENTAINES D'ITALIENS DE MON ÂGE. LES ANNÉES DE PLOMB. L'ENGAGEMENT MILITANT TRÈS À GAUCHE. POUR CERTAINS DES HOLD-UP, DES ASSASSINATS. DES CONNERIES, OUI, MAIS APRÈS QUOI LES PROCÈS DE MASSE, INJUSTES, TOUT LE MONDE DANS LE MÊME SAC, DES "REPENTIS" QUI RACONTENT N'IMPORTE QUOI POUR UNE RÉDUCTION DE PEINE ET L'INVENTION DE NOUVEAUX DÉLITS POUR NOUS METTRE EN TÔLE SANS PREUVES 10 ANS, 20 ANS.
ALORS L'ASILE EN FRANCE, ET ON REPART À ZÉRO.
VOUS ÊTES NOMBREUX DANS CETTE SITUATION ?
TOUS MES AMIS, EN TOUT CAS. UN TEMPS, JE CONNAISSAIS PLUS D'ITALIENS VIVANT EN FRANCE QU'EN ITALIE. UN CERTAIN NOMBRE SONT RENTRÉS, EN PASSANT PAR LA CASE PRISON. D'AUTRES ONT REFAIT LEUR VIE ICI, SANS POUVOIR ENTERRER LEUR MÈRE.
C'EST TERRIBLEMENT ROMANESQUE.
AH, DES HISTOIRES, IL Y EN A, LES INGRÉDIENTS Y SONT.
ET TU N'ES PAS TENTÉ ?
C'EST MA VIE, CELLE DE MES COPAINS, C'EST TROP COLLANT.
SI J'ESSAYAIS, DISONS, UNE SORTE D'ENQUÊTE, DE RECUEIL, JE NE SAIS PAS... TU M'AIDERAIS ?
JE PEUX TOUJOURS TE PRÉSENTER CEUX QUE JE CONNAIS. TU VERRAS BIEN.

INCROYABLE. CES ITALIENS, LÀ, À PORTÉE DE MAIN, REBELLES ADOUCIS. QU'EST-CE QU'ON S'EMMERDE À INVENTER DES FADAISES, DES PROCÉDÉS, QUAND LA MINE EST SI PRÈS DE NOUS.
TIP TIP
AH, C'EST VRAI, LE CODE A CHANGÉ.
C'ÉTAIT QUOI DÉJÀ ?
L'ABBÉ PIERRE CASSE UN OEUF À NOIRMOUTIER ?
LES TÊT' TA MÈRE FONT LA FÊTE FORAINE DE GRENOBLE ?
NANCY-AUBERVILLIERS PAR L'ITINÉRAIRE BIS ?

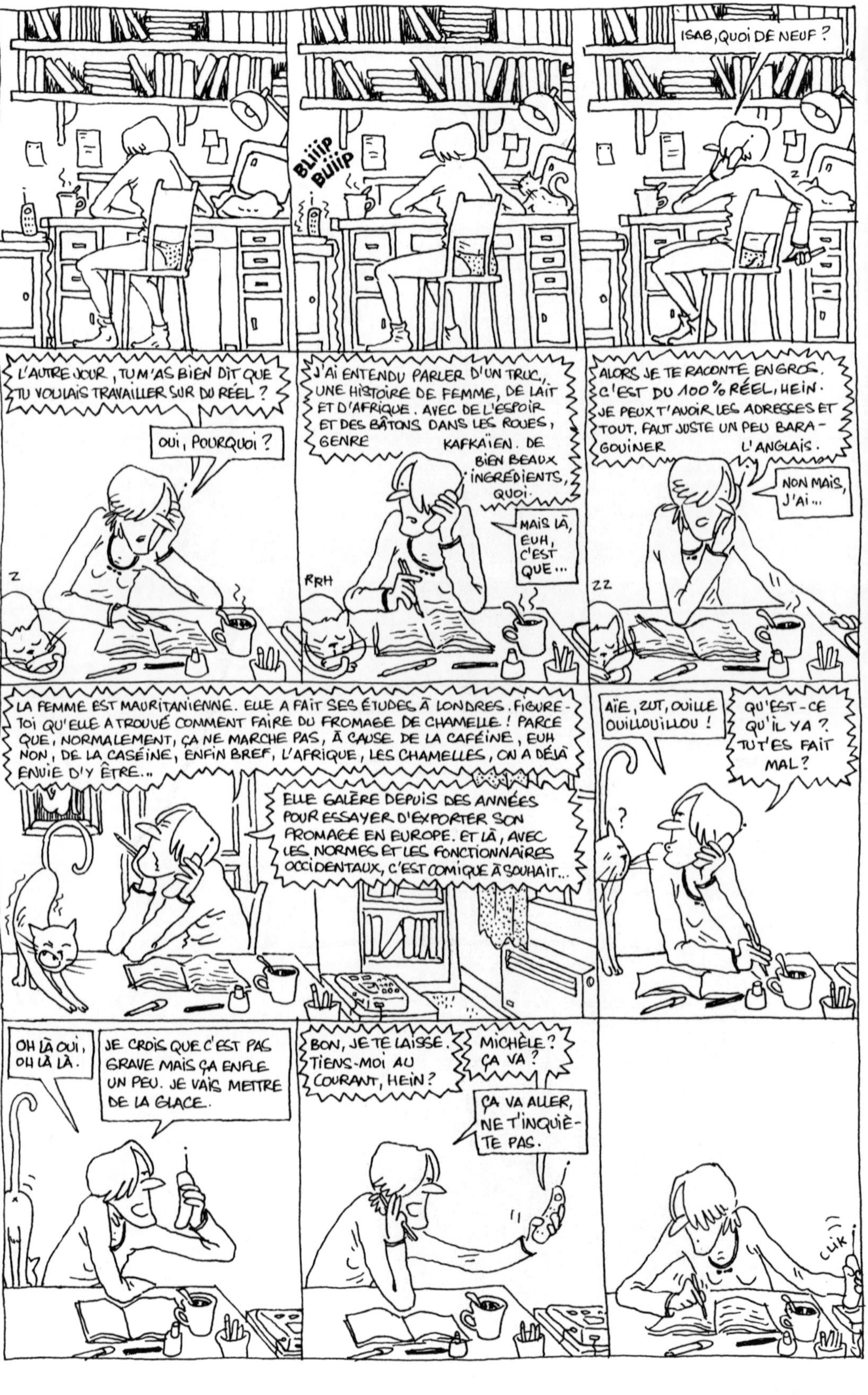
ISAB, QUOI DE NEUF ?
BLIIIP BLIIIP
L'AUTRE JOUR, TU M'AS BIEN DIT QUE TU VOULAIS TRAVAILLER SUR DU RÉEL ?
OUI, POURQUOI ?
J'AI ENTENDU PARLER D'UN TRUC, UNE HISTOIRE DE FEMME, DE LAIT ET D'AFRIQUE. AVEC DE L'ESPOIR ET DES BÂTONS DANS LES ROUES, GENRE KAFKAÏEN. DE BIEN BEAUX INGRÉDIENTS, QUOI.
MAIS LÀ, EUH, C'EST QUE...
ALORS JE TE RACONTE EN GROS. C'EST DU 100 % RÉEL, HEIN. JE PEUX T'AVOIR LES ADRESSES ET TOUT. FAUT JUSTE UN PEU BARAGOUINER L'ANGLAIS.
NON MAIS, J'AI...
LA FEMME EST MAURITANIENNE. ELLE A FAIT SES ÉTUDES À LONDRES. FIGURE-TOI QU'ELLE A TROUVÉ COMMENT FAIRE DU FROMAGE DE CHAMELLE ! PARCE QUE, NORMALEMENT, ÇA NE MARCHE PAS, À CAUSE DE LA CAFÉINE, EUH NON, DE LA CASÉINE, ENFIN BREF, L'AFRIQUE, LES CHAMELLES, ON A DÉJÀ ENVIE D'Y ÊTRE...
ELLE GALÈRE DEPUIS DES ANNÉES POUR ESSAYER D'EXPORTER SON FROMAGE EN EUROPE. ET LÀ, AVEC LES NORMES ET LES FONCTIONNAIRES OCCIDENTAUX, C'EST COMIQUE À SOUHAIT...
AÏE, ZUT, OUILLE OUILLOUILLOU !
QU'EST-CE QU'IL YA ? TU T'ES FAIT MAL ?
OH LÀ OUI, OH LÀ LÀ.
JE CROIS QUE C'EST PAS GRAVE MAIS ÇA ENFLE UN PEU. JE VAIS METTRE DE LA GLACE.
BON, JE TE LAISSE. TIENS-MOI AU COURANT, HEIN ?
MICHÈLE ? ÇA VA ?
ÇA VA ALLER, NE T'INQUIÈTE PAS.
CLIK

J'AIME PAS LA BISCOTTE.
MOI NON PLUS.
J'AI TOUJOURS TROP DE TRUCS À ENLEVER QUAND JE VAIS AUX TOILETTES.
PAS TOI ?
ELLE DIT : " J'AI TOUJOURS TROP DE TRUCS À ENLEVER QUAND JE VAIS AUX TOILETTES."
SORTIE
VOUS ÊTES FABRIZIO ?
SI
JE SUIS MICHÈLE.
CAFÉ ~ RESTAURANT
C'EST NOTRE DEUXIÈME VIE QUI VOUS INTÉRESSE, SI J'AI BIEN COMPRIS, PAS LE PASSÉ.
IL Y A POURTANT BEAUCOUP À DIRE SUR CETTE ÉPOQUE EN ITALIE, SUR LA LUTTE ARMÉE ET LE CONTRE-POUVOIR QU'ELLE PEUT REPRÉSENTER.

LE GOUVERNEMENT NOUS CRAIGNAIT. VOUS SAVEZ, C'EST AUSSI UNE SENSATION TRÈS INTIME, LA GUERRE.
PARCE QUE C'ÉTAIT LA GUERRE, N'EST-CE PAS !
LES FLICS TIRAIENT AVANT SOMMATION.
TU MARCHES DANS LA VILLE ET TU SAIS QUE TU PEUX LA PARALYSER, CRÉER DES ÉMEUTES... C'EST TOUT À FAIT GRISANT MAIS TU RISQUES TA VIE.
BREF.
ON EST VENUS ICI SE PLANQUER. CERTAINS SONT ARRIVÉS À SKIS, D'AUTRES EN BATEAU, À PIED, LES PLUS ORGANISÉS AVAIENT DE FAUX PAPIERS.
CHAQUE SEMAINE, ON SE RÉUNISSAIT DANS UN BAR DU 15ÈME, TENU PAR DES ANCIENS TUPAMAROS URUGUAYENS. ON ÉTAIT JUSQU'À 400...
UN DE MES AMIS AVAIT FAIT LA CONNAISSANCE D'UN JEUNE FRANÇAIS, TRÈS RICHE, QUI S'ENNUYAIT DANS SON LOFT, UN TRUC DANS LES 300 M2
LES INTELLOS NOUS AIMAIENT BIEN.
ENSEMBLE, ILS ORGANISAIENT DES FÊTES GIGANTESQUES. DEUX CENTS PERSONNES DÉBOULAIENT. AUCUN ITALIEN N'EN REPARTAIT SANS UNE NANA AU BRAS.
LES FRANÇAISES FAISAIENT MOINS D'HISTOIRES QUE LES ITALIENNES. ET AVEC CE MYSTÈRE QUI NOUS AURÉOLAIT, C'ÉTAIT FACILE.
CHACUN AVAIT SON SOBRIQUET :
POUF
ATCHOUM
THÉIÈRE
LE SEC
MOUSTACHE
MOI JE LOGEAIS DANS LE 18ÈME, À DIX DANS UN QUATRE PIÈCES. JE DORMAIS DANS LE COULOIR SUR UN PETIT MATELAS.
COMME JE DORMAIS À POIL, AUCUN DES AUTRES NE SOUHAITAIT PARTAGER MON LIT. J'ÉTAIS TRANQUILLE.

ÉVIDEMMENT, ON AVAIT LES RG AU CUL. TOUS LES MATINS UNE VOITURE AVEC DEUX MECS EN BAS DE CHEZ TOI. BONJOUR MESSIEURS.
ET AUSSI CE PETIT CLIC QUAND TU DÉCROCHES LE TÉLÉPHONE. BONNE NUIT LES AMIS...
EN 84, QUAND REAGAN ET THATCHER SONT VENUS POUR LES 40 ANS DU DÉBARQUEMENT, ON NOUS A PRESQUE TOUS EMBARQUÉS, AVEC AUSSI LES BASQUES ET LES URUGUAYENS. TOUT LE MONDE À L'HÔTEL PENDANT TROIS JOURS, EN BANLIEUE, EN BRETAGNE, EN NORMANDIE, UN PEU PARTOUT.
PUIS, LES FESTIVITÉS FINIES, ILS NOUS ONT RELÂCHÉS, AVEC OU SANS PAPIERS.
ON ÉTAIT PROBABLEMENT CLASSÉS DU PLUS MÉCHANT AU PLUS GENTIL. CERTAINS DEVAIENT POINTER À LA PRÉFECTURE TOUS LES MOIS, D'AUTRES DEUX FOIS L'AN.
CERTAINS ONT ÉTÉ RÉGULARISÉS AU BOUT DE SIX MOIS, D'AUTRES ONT ATTENDU QUINZE ANS...
DE TOUTE FAÇON, JUGÉS LÀ-BAS PAR CONTUMACE, ON AVAIT TOUS ÉCOPÉ DU MAXIMUM, ALORS...
QUE CE SOIT POUR 27 HOLD-UP OU POUR UNE LOCATION DE SALLE.
27 HOLD-UP ?
OUI, LUIGI, VINGT-SEPT HOLD-UP. DES BUREAUX DE POSTE, DES PERCEPTIONS, DES AGENCES BANCAIRES, C'ÉTAIT PAS DIFFICILE : TU SORTAIS UN PISTOLET, ON TE DONNAIT UN SAC.
POUR LUTTER IL FAUT DE L'ARGENT.
ET LA LOCATION DE SALLE ?
LE GARS, IL A JUSTE SIGNÉ UN CHÈQUE POUR LOUER LA SALLE UN JOUR DE MEETING, PARCE QUE C'ÉTAIT LE SEUL QUI AVAIT UN COMPTE EN BANQUE...
RIEN D'ILLÉGAL.
15 ANS DE TÔLE. SOI-DISANT CONSTITUTION DE BANDE ARMÉE !
N'IMPORTE QUOI.
MAIS POUR COMPRENDRE, IL TE FAUT LE CONTEXTE.
UNE DOSE D'IDÉES CLAIRES, UNE DOSE D'INCONSCIENCE.
ON ESSAYAIT DES CHOSES, C'ÉTAIT COMME UN LABORATOIRE,

IL NE S'AGISSAIT PLUS D'ATTENDRE L'AUBE RADIEUSE DE LA RÉVOLUTION MAIS D'OBTENIR TOUT DE SUITE...
D'ABORD, LE REFUS DU TRAVAIL.
LES OUVRIERS À L'ANCIENNE, TOUT SYNDIQUÉS QU'ILS ÉTAIENT, AVAIENT UN RESPECT DU TRAVAIL ET DU PATRON. PAS NOUS. ON PRÔNAIT LE SABOTAGE.
ET L'IDÉE FAISAIT SON CHEMIN. SURTOUT DANS L'ESPRIT DES ITALIENS DU SUD, IMMIGRÉS À MILAN, DES PAYSANS SANS TERRE QUI N'AVAIENT PAS LE CULTE DE L'USINE.
SANS COMPTER L'INFLUENCE DES RÉSISTANTS QUI AVAIENT LUTTÉ CONTRE LES NAZIS MAIS N'AVAIENT PAS PU FAIRE LA RÉVOLUTION PROLÉTARIENNE. ILS NOUS ÉDUQUAIENT.
MANIER UNE ARME, FABRIQUER UN COCKTAIL MOLOTOV.
MAIS LE PLUS IMPORTANT ÉTAIT L'ACTION COLLECTIVE, L'AGITATION DANS LES QUARTIERS, LE TRANSFERT DE LA LUTTE DANS LE TISSU SOCIAL, À PROPOS DES LOYERS ET DE LA QUALITÉ DE L'HABITAT...
ET DE L'ÉCOLOGIE, DE LA LIBÉRATION SEXUELLE, DE LA CONDITION DE LA FEMME.
ON AVAIT FAIT SORTIR LE DÉBAT DE L'USINE.
BON, PARFOIS, IL FALLAIT BIEN TIRER UNE OU DEUX BALLES DANS LE GENOU D'UN AVOCAT VÉREUX QUI DÉFENDAIT DES LICENCIEMENTS ABUSIFS.
ON APPELAIT ÇA LA JAMBISATION.
OU FAIRE SAUTER UNE RADIO FASCISTE.
L'ITALIE AVAIT RISQUÉ UN COUP D'ÉTAT EN 73. LES FASCISTES CONTINUAIENT D'EXERCER UNE PRESSION POLITIQUE. ILS ÉTAIENT TOUS ARMÉS.
Bières Pression
Sodas
C'ÉTAIT DES COURSES POURSUITES SANS FIN LA NUIT DANS LES RUES...
... ILS AVAIENT BRÛLÉ LA PORTE DE CHEZ MOI.
ON N'ALLAIT PAS LES LAISSER FAIRE !

PENDANT CE TEMPS, LES FILLES ALLAIENT TABASSER LES MÉDECINS QUI REFUSAIENT DE PRATIQUER DES AVORTEMENTS À L'HÔPITAL POUR LES FAIRE HORS DE PRIX DANS LEURS CABINETS PRIVÉS.
AH, ELLES ÉTAIENT REMONTÉES, LES FILLES!
LE JEUDI SOIR, ELLES SE RÉUNISSAIENT ENTRE ELLES. C'ÉTAIT LA SOIRÉE D'AUTOCONSCIENCE. DEHORS LES MECS.
ON SE RETROUVAIT TOUS AU BISTROT EN ATTENDANT QUE L'AUTOCONSCIENCE SE TERMINE.
ELLES S'ÉTAIENT MISES À DÉCIDER DE QUAND ELLES VOULAIENT OU PAS ALLER AU LIT! ET LÀ, ELLES NOUS TRAITAIENT DE NULS, DE BONS À RIEN.
AH AH
TU RIGOLES! MAIS ÇA MINAIT LA BASE MÊME DE NOTRE SENTIMENT MASCULIN!
AH AH AH
CE FUT EXTRÊMEMENT DUR À VIVRE.
EUH, EXCUSEZ-MOI.
TCHIC
JE NE NIE PAS QUE CERTAINS AIENT PRIS GOÛT À LA VIOLENCE. IL Y A EU DE MAUVAIS MAÎTRES À PENSER. FACE À DES JEUNES S'IMAGINANT QUE LA LOGIQUE DE CE QU'ILS VENAIENT D'ENTENDRE CONSISTAIT À ALLER DESCENDRE LE PATRON DU BAR D'EN FACE...
VOUS N'ÊTES NI HISTORIENNE, NI SOCIOLOGUE, NI JOURNALISTE. VOUS ALLEZ ROMANCER TOUT ÇA?
JE NE CROIS PAS QUE CE SOIT NÉCESSAIRE, NI ASTUCIEUX.
POUR L'INSTANT, JE NE FAIS QUE RÉCOLTER. MAIS VOUS POURREZ TOUT RELIRE, C'EST PROMIS.
NON, NON, IL FAUT FAIRE CONFIANCE.

quelle épaisseur donner à cette transparence?
inaperçu
inapparent :
→ sympathique (encre), n'apparaît qu'avec l'action d'autrui
"encre aveugle" dit aussi le Thésaurus - pas trouvé trace dans Larousse, Robert, Littré, Lexis...
SALETÉ DE THESAURUS!

CAFÉ, SI ?
OUI OUI MERCI
TU SAIS, L'EXIL, C'EST D'ABORD LA PEUR. QUAND J'AI EU MES PREMIERS PAPIERS FRANÇAIS, JE LES GARDAIS DANS LA POCHE DE MA CHEMISE, ATTACHÉS AVEC UNE ÉPINGLE À NOURRICE.
À NOURRICE, OUI, C'ÉTAIT VRAIMENT ÇA.
MAIS IL Y A AUSSI UNE GRANDE ENTRAIDE, SI TU AS POSÉ DES BOMBES AVEC QUELQU'UN, TU RESTES AMI TOUTE LA VIE.
QUOI, ON ÉTAIT DÉJÀ HABITUÉS À S'AIDER EN ITALIE, POUR SE PLANQUER. IL FALLAIT PLACER CHEZ DES GENS LES COPAINS RECHERCHÉS. C'ÉTAIT TOUT UN TRAVAIL. DES DIZAINES D'APPARTS À GÉRER.
LE JOUR OÙ MON AMI ALBERTO A DÉBARQUÉ EN FRANCE, C'ÉTAIT UN 31 DÉCEMBRE. IL AVAIT DE L'ARGENT, LES ÉCONOMIES DE SA TANTE JE CROIS. ON EST SORTIS FAIRE DES COURSES. NOUS ÉTIONS LES DEUX SEULS À PARLER FRANÇAIS. ON A ACHETÉ DES HUÎTRES. MAIS NOUS ÉTIONS AUSSI LES SEULS À AIMER LES HUÎTRES.
ALORS ON S'EST ENFILÉ LES 8 DOUZAINES À DEUX !
APRÈS ON A ÉTÉ MALADES, ÉVIDEMMENT.
BEAUCOUP D'ARGENT PARTAIT DANS LES FÊTES.
IL Y AVAIT QUELQUES PETITS MAGOTS, DES RESTES DE HOLD-UP.
ENSUITE, ON A TOUS FAIT DES PETITS BOULOTS DE CHANTIER, EN GÉNÉRAL LA PEINTURE ET LA MAÇONNERIE.
CEUX QUI ÉTAIENT FILS DE PEINTRE OU DE MAÇON APPRENAIENT AUX AUTRES... ET VOILÀ.
MAIS L'EXIL, TU SAIS, C'EST SURTOUT UN GRAND MANQUE. DES VIDES, DES TROUS DANS LE QUOTIDIEN : LA LANGUE, LA CUISINE, LA FAMILLE, LA MAISON.
MA MÈRE A UN CANCER, ELLE VA MOURIR. SEULEMENT MOI JE SUIS FIER, JE NE VEUX PAS RENTRER, NÉGOCIER. JE NE RECONNAIS PAS LA GROSSE FARCE QUI M'A CONDAMNÉ.
JAMAIS JE NE TENDRAI LES POIGNETS POUR LEURS SALES MENOTTES.
POURTANT MA MÈRE VA MOURIR, TU COMPRENDS.

COMMENT ÉVOQUER FRANÇOISE ? " FRANÇOISE COMME FRANÇAISE ET FRAMBOISE DISAIT ROBERTO". ELLE N'APPRIT QUE BIEN PLUS TARD, APRÈS SON MARIAGE ET LA NAISSANCE DE LEUR FILS, QUE SON ITALIEN DE MARI ÉTAIT DANS SON PAYS CONDAMNÉ À 30 ANS DE PRISON, CARRÉMENT POUR ASSASSINAT.
DOMMAGE QUE LA MADONE DES HOLD-UP DONT ILS M'ONT TOUS PARLÉ N'AIT PAS FUI VERS LA FRANCE !
ELLE OPÉRAIT EN BOTTINES À TALONS AIGUILLES ET DÉCOLLETÉ, ARMÉE D'UN CALIBRE 45, CHROMÉ, QUE LUI AVAIT OFFERT UN CÉLÈBRE MALFRAT...
CES ITALIENS SE RACONTENT PLUS FACILEMENT À QUELQU'UN D'AUSSI TRANSPARENT QUE MOI...
SEULEMENT, DOIS-JE INTÉGRER CETTE OBSESSION D'INVISIBILITÉ DANS CE TRAVAIL ?
COMME UNE FAÇON DE ME DONNER DU RELIEF, EN SOMME.
ANVERS, C'EST PAS PARIS, FAUT PAS Y ALLER À ANVERS ! SANG TROP FROID LÀ-BAS !

le Livre à venir...
88
BOUCHERIE
TATATA TALALA TATATA TALALA
OÙ ÇA ?
TATATA TALALA
JE CROIS QUE OUI.
STEFANO, COSA C'É ?
NON, JE NE SUIS PAS D'ACCORD.
QUOI ? HEIN ?
CALME-TOI, JE NE COMPRENDS RIEN.
COMMENT ÇA, DES EXPULSIONS ?
OUI, JE SAIS BIEN QUE LA DROITE EST PASSÉE.
TU DEVRAIS Y RÉFLÉCHIR
C'EST PAS VRAI. MAIS C'EST PAS POSSIBLE. ILS NE PEUVENT PAS...
20 ANS APRÈS...
IL FAUDRAIT CHERCHER.
JE N'EN DOUTE PAS QUE VOUS N'AVEZ PAS PEUR.
OUI, PEUT-ÊTRE QUE C'EST DU FLAN.
MAIS MOI J'AI HONTE.
RIEN NE T'Y OBLIGE.
FOURRE-TOUT TERRORISTE !
AMALGAME !
LES POURRIS !
ON VA PAS S'FAIRE CHIER.
RZZ
SNF

J'HÉSITE ENTRE UN LECTEUR DVD ET UN APPAREIL PHOTO NUMÉRIQUE.
OU BIEN UN NETTOYEUR VAPEUR.
LIBÉ
QU'IL EST BEAU CE TYPE, QUI C'EST ?
LIBÉ
UN PROF DE FAC
EXPULSÉ PAR LA FRANCE POUR PASSER 20 ANS DANS UNE PRISON ITALIENNE.
DOMMAGE, MIGNON COMME ÇA...
LIBÉ
ÇA NE VA PAS, MICHÈLE ?
DRRRRRRRRRING
ALLEZ, DEUX HEURES DE TROISIÈME B POUR FINIR.
JE LES AI EUS CE MATIN, L'ENFER.
BON COURAGE, MARIE-PAULE !
JE CROIS QUE J'AI TRÈS MAL À LA TÊTE.
VA À L'INFIRMERIE, JE PRÉVIENS TES ÉLÈVES...

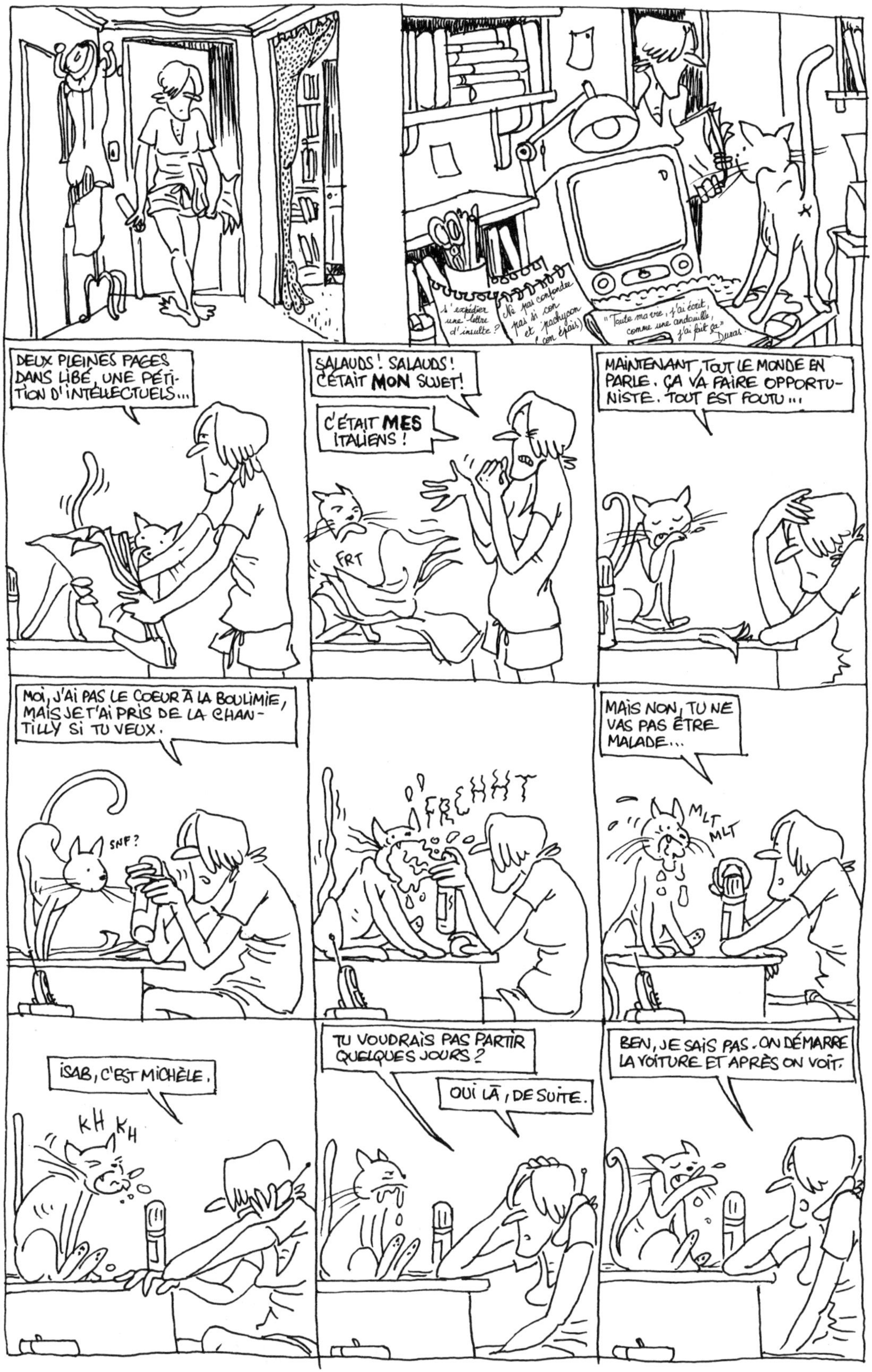

s'expédier une lettre d'insulte ?
Ne pas confondre pas si con et pachycon (con épais)
"Toute ma vie, j'ai écrit, comme une andouille, j'ai fait ça" Duras.
DEUX PLEINES PAGES DANS LIBÉ, UNE PÉTITION D'INTELLECTUELS...
SALAUDS ! SALAUDS ! C'ÉTAIT MON SUJET !
C'ÉTAIT MES ITALIENS !
FRT
MAINTENANT, TOUT LE MONDE EN PARLE. ÇA VA FAIRE OPPORTUNISTE. TOUT EST FOUTU...
MOI, J'AI PAS LE COEUR À LA BOULIMIE, MAIS JE T'AI PRIS DE LA CHANTILLY SI TU VEUX.
SNF ?
FRCHHT
MAIS NON, TU NE VAS PAS ÊTRE MALADE...
MLT MLT
ISAB, C'EST MICHÈLE.
KH KH
TU VOUDRAIS PAS PARTIR QUELQUES JOURS ?
OUI LÀ, DE SUITE.
BEN, JE SAIS PAS. ON DÉMARRE LA VOITURE ET APRÈS ON VOIT.

HIER, JE PASSAIS L'ÉPILATEUR SUR MES MOLLETS.
ET J'APERÇOIS UNE PETITE TACHE GRISE.
J'APPUIE AUTOUR COMME POUR LA PERCER...
VOILÀ QU'EN SORT UN LONG POIL NOIR, INSOUPÇONNABLE, DE 3 OU 4 CENTIMÈTRES!
J'EN AI ÉPROUVÉ UNE SORTE DE JOIE... C'EST CURIEUX. POURTANT ÇA N'AVAIT RIEN DE RÉJOUISSANT...
MAIS J'ÉTAIS CONTENTE COMME TOUT...
TU SAIS EXPLIQUER ÇA, TOI?
NON
YA SANS DOUTE UN TRUC PSYCHANALYTIQUE LÀ-DERRIÈRE.
FORCÉMENT, COMME DERRIÈRE TOUT.
SI YA PAS UN TRUC PSYCHANALYTIQUE, ÇA SE CASSE LA GUEULE.

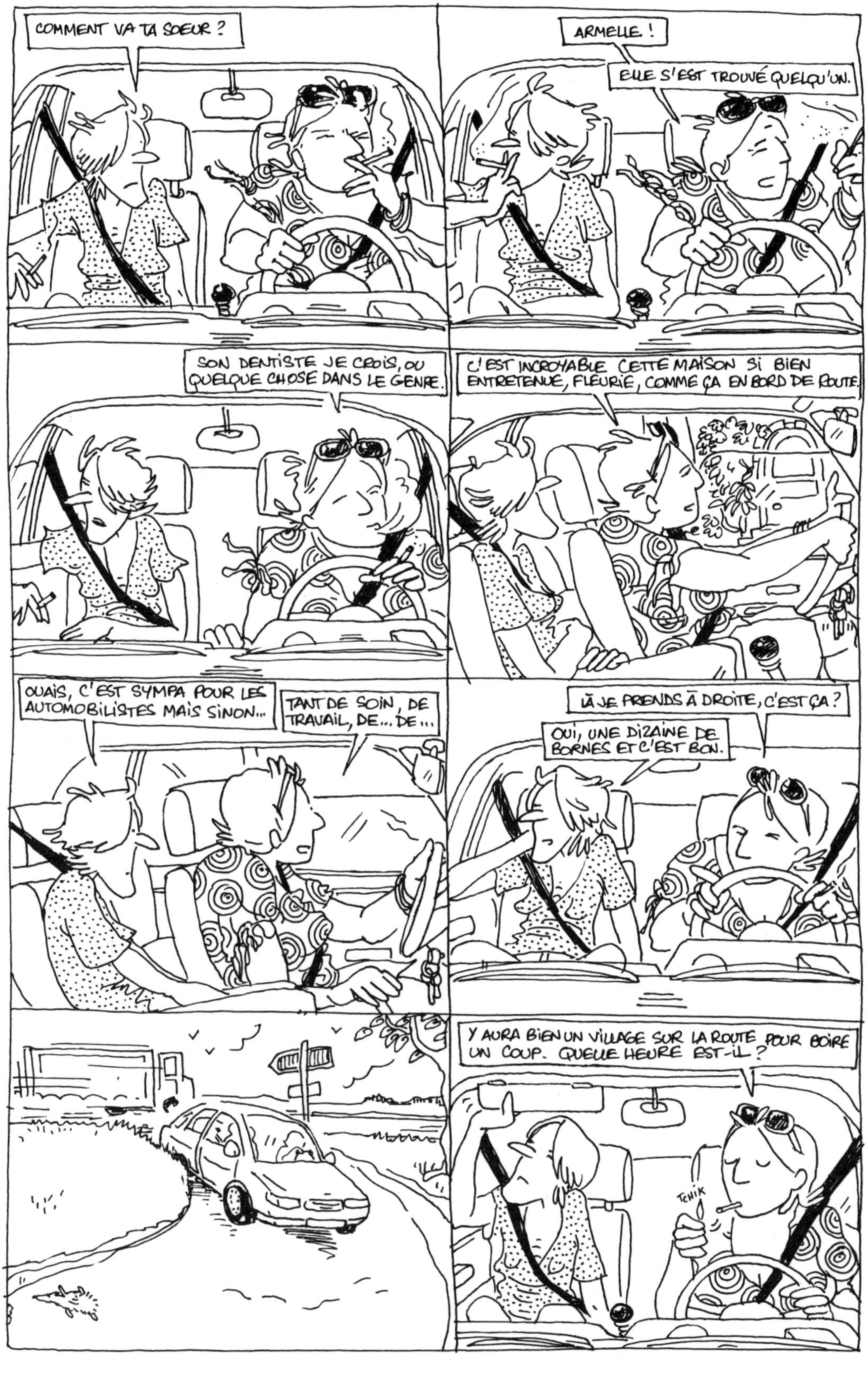
COMMENT VA TA SOEUR ?
ARMELLE !
ELLE S'EST TROUVÉ QUELQU'UN.
SON DENTISTE JE CROIS, OU QUELQUE CHOSE DANS LE GENRE.
C'EST INCROYABLE CETTE MAISON SI BIEN ENTRETENUE, FLEURIE, COMME ÇA EN BORD DE ROUTE.
OUAIS, C'EST SYMPA POUR LES AUTOMOBILISTES MAIS SINON...
TANT DE SOIN, DE TRAVAIL, DE... DE...
LÀ JE PRENDS À DROITE, C'EST ÇA ?
OUI, UNE DIZAINE DE BORNES ET C'EST BON.
Y AURA BIEN UN VILLAGE SUR LA ROUTE POUR BOIRE UN COUP. QUELLE HEURE EST-IL ?
TCHIK

ÇA FAIT DU BIEN, NON ?
ÇA FAIT FAIM.
TIENS, ENCORE UNE MAISON TOUTE DÉCORÉE EN BORD DE ROUTE !

AH ELLE NOUS REGARDE!
AH C'TE TÊTE!
VAS-Y. IL RALENTIT POUR QU'ON LE DOUBLE.
DOMMAGE ELLES SONT TROP DRÔLES.
SI CA SE TROUVE, ELLES VONT À L'ABATTOIR.
COMMENT SE FAIT-IL QUE J'AIE ENCORE QUELQUES AMIS ?
TIENS, UNE AUTRE.
QUOI ?
UNE MAISON TOUTE REPEINTE ET FLEURIE, LÀ, AU RAS DE LA ROUTE, LÀ.
AH OUAIS C'EST VRAIMENT INCROYABLE.
FAUDRAIT EN FAIRE ...

UN LIVRE !
L'ALIMENT (POUR POULETS)
QU'EST-CE QUE TU FAIS ?
BEN, ON Y VA. ON LEUR DEMANDE POURQUOI.
ON MÈNE L'ENQUÊTE ?
EXACTEMENT.
TOC TOC
BONJOUR MONSIEUR, EXCUSEZ-MOI DE VOUS DÉRANGER, NOUS FAISONS UNE, EUH UN, UN REPORTAGE SUR LES...
MAIS VOUS NE ME DÉRANGEZ PAS.
ENTREZ DONC.
BONJOUR MADAME.
ASSEYEZ-VOUS.
C'EST POUR LA TÉLÉVISION ?
NON, CE SERAIT PLUTÔT POUR UN LIVRE.

ON A FAIT METTRE DES DOUBLES VITRAGES.
DISCRÉTION ASSURÉE LE SOUTIEN-GORGE ADHÉSIF.
PAS MOYEN D'AVOIR UN CHIEN OU UN CHAT, ÉVIDEMMENT.
GAGNEZ JUSQU'À 2 TAILLES DE BONNET AVEC LES COUSSINETS EN SILICONE. POUR UN DÉCOLLETÉ DE RÊVE !
PENDANT PRESQUE DIX ANS, ON A EU LES VOLETS BLEUS.
OUI, BLEU UN PEU COMME ÇA.
ET PUIS ON S'EST LASSÉS.
LES ENFANTS, ILS SONT À PARIS, ENFIN, EN RÉGION PARISIENNE.
LE CANON À MOUSSE, COMPLÉMENT INDISPENSABLE À L'HYDROBROSSE.
C'EST COMMENT DÉJÀ LÀ OÙ EST BENOIT ?
ESTHÉTIQUE ET ASTUCIEUX. LE DÉROULEUR-PAPIER-TOILETTE-RADIO.
VOUS ALLEZ PRENDRE DES PHOTOS DE NOUS ? OU BIEN DES PÉTUNIAS ?
NON NON, JE VAIS DÉCRIRE
RESSERRE-DISTRIBUTEUR. CONSERVEZ JUSQU'À 100KG DE POMMES DE TERRE.
DÉCRIRE ?

ANNE BARAOU & FANNY DALLE-RIVE . JUILLET 2004.

TU FAIS LA GUEULE PARCE QUE T'AURAIS VOULU ALLER À CETTE FÊTE ?
TU RIGOLES OU QUOI ? TU CROIS QUE C'ÉTAIT GENRE "NUTRIGLOSS EXTRA RÉÉNERGISANT" LEUR CRÉMAILLÈRE ?
À LA "PROTÉINE DE PERLE" ?

JE CROYAIS QUE C'ÉTAIT UN ANNIVERSAIRE.
OUAIS, UN ANNIVERSAIRE DU TEMPS DE LA VIE.
VROUM !

TU SAIS CE QUI M' ÉNERVE LE PLUS AVEC LES BONNES FEMMES?
LE PLUS? NON.

LE PLUS MOI NON PLUS.
BRRB

4

Véra Haine

HO! LE CLIGNOTANT, HÉ!
HÉHO! DU CLIGNO!
CRRRR

"POUR LE VOL DE CE VÉLO, LES AUTOCOLLANTS SONT OFFERTS"
NON, "SI VOUS NE VOULEZ PAS DES AUTOCOLLANTS, VOLEZ UN PEU D'ACÉTONE"
"CHANGEZ DE VIE : ROULEZ POURRI ! VÉLO OFFERT, SERVEZ VOUS !"
"ESSAI GRATUIT PENDANT DIX ANS ! AUCUNE CAUTION !"
"L'INDISPENSABLE ÉCOLOCATHO : NE POLLUEZ PLUS QUE VOS PROPRES POUMONS !"
"SI VOUS NE VOULEZ PAS DU VÉLO, VOLEZ AU MOINS L'ANTIVOL, ÇA PEUT AIDER".
PLUS SIMPLE. PLUS DIRECT : "BON VÉLO, FACILE À VOLER, N'HÉSITEZ PLUS."
APRÈS, TA MÈRE, ELLE T'EN PAYE UN AVEC 30 VITESSES, FOURCHE TÉLESCOPIQUE, SELLE GEL ET JANTES ALU.
LE TRUC À 200 TICKETS DE MILLIONNAIRE.
YA PAS HISTOIRE.
CHICON EST MALADE.
POURQUOI TU VIENS PAS EN BUS?
J'AIME PAS SENTIR LA CHALEUR DU PRÉCÉDENT PASSAGER SOUS MON CUL.
PORTE CONDAMNÉE
PORTE de la vie CONDAMNÉE
ÇA MARCHE AUSSI QUAND MON PÈRE DIT QUELQUE CHOSE.
JE NE COMPRENDS PAS CE QUE TU ESPÈRES (DE LA VIE) EN TE COMPORTANT AINSI.
IL PLEUT DEHORS (DE LA VIE)...
... AS-TU BIEN FERMÉ LES FENÊTRES (DE LA VIE)?
LE CHEMIN (DE LA VIE) EST EN MAUVAIS ÉTAT.
ALLONS, NE VOUS MOQUEZ PAS TROP.
(DE LA VIE)

TIENS, Y A MON FRÈRE QUI VA AVOIR 5 ANS. VOUS N'AURIEZ PAS UNE IDÉE DE CADEAU ? UN TRUC QUI VOUS AURAIT PLU À C'T'ÂGE-LÀ ?
UNE HACHE.
UN 357 MAGNUM.
DES REVUES PORNOS.
DES GANTS DE BOXE.
UNE PANOPLIE DE KING KONG
NON, UN VÉLO AVEC DES AUTOCOLLANTS !
OK JE VOIS !
ALLEZ, À PLUSSE...
HI HI
8
SALUT VÉRA !
SALUT.
JE SAIS PAS COMMENT TU FAIS POUR T'ENTENDRE AVEC EUX. MOI JE N'AIME PAS DU TOUT COMMENT ILS ME REGARDENT ...
C'EST NORMAL. C'EST LE SYNDROME DE SUPERFICIALITÉ.
OOOUH BABY ONE MORE TIIIME
SEXY
QUOI ?
OUI, ON EN EST TOUS MENACÉS. ENFIN PLUS TOI QUE MOI MAIS BON...
COMMENT ÇA, PLUS MOI ?
TU TE SOUVIENS LA FOIS OÙ JE T'AI PARLÉ DE LA MALADIE DE MA MÈRE ?
EUH...
AH
SI TU NE T'EN SOUVIENS PAS, C'EST QUE TU ES DÉJÀ ATTEINTE.
SI SI, ÇA Y EST, JE M'EN SOUVIENS !
PERDU, JE NE T'AI JAMAIS PARLÉ D'UNE MALADIE DE MA MÈRE !
TCHAO TCHAO

BON, ENFIN, TOI ON DIT QUE T'ES SEXE, POURTANT T'ES PAS À COURIR LOUPS ET LOUVES DANS LA NUIT LE CLITO COMME UNE SONNETTE, CHAQUE SOIR TRAVERSÉE DE PART EN PART LES YEUX BANDÉS, À TOURNER DES FILMS PORNOS OU...
VIDÉO
EH QUOI ! LES GENS QUI AIMENT LE CHOCOLAT, ILS NE S'EN BARBOUILLENT PAS FORCÉMENT TOUTE LA FIGURE À CHAQUE REPAS NON PLUS !
BRASSERIE OPÉRA
A
VOUS NE M'AVEZ PAS VUE, N'EST-CE PAS ?
J'ÉTAIS DANS MES PENSÉES.
CE N'EST PAS VOTRE FAUTE, JE SUIS LA FEMME INVISIBLE.
TAP TAP
BON BEN, JE N'AI RIEN, N'EN FAISONS PAS UNE HISTOIRE.
C'EST CE QUE JE ME DISAIS.
MAIS OÙ EST-CE QU'ELLE EST PASSÉE ?

SALLE OM
HUN HUN, SALUT, HUN.
SALUT.
BON, ON Y VA, ON Y VA, ON SE BAT, EH, C'EST BON, ON PEUT SE BATTRE?
ON NE SE BAT PAS, NELLY, ON COMBAT.
OUAIS BON, OUAIS OUAIS, AVEC QUI JE ME COMBATS, LÀ?
PARADE, RIPOSTE! ON SE FEND, ALLEZ!
ATTENTION, NON, HALTE! C'EST PAS BON ÇA NELLY!
HUN
TA MAIN EN TIERCE, COMME ÇA, ANGELA.
NON, COMME ÇA...
HUN
QUELLE EST L'ANDOUILLE QUI M'A CONSEILLÉ DE FAIRE DU SPORT POUR RENCONTRER DES FILLES MOINS NUNUCHES?
SALUEZ! VOILÀ!

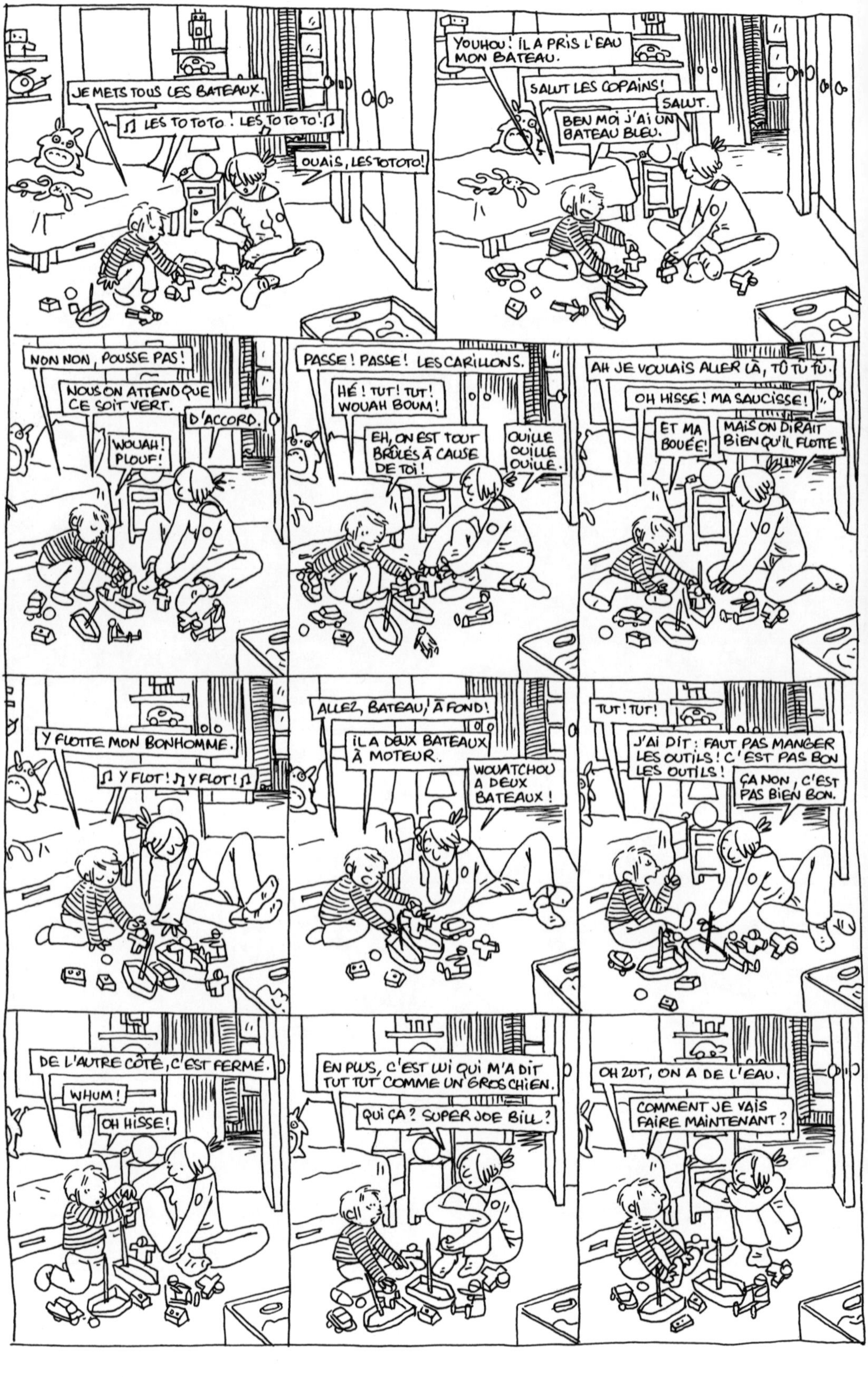
JE METS TOUS LES BATEAUX.
♫ LES TOTOTO ! LES TOTOTO ! ♫
OUAIS, LES TOTOTO !
YOUHOU ! IL A PRIS L'EAU MON BATEAU.
SALUT LES COPAINS !
SALUT.
BEN MOI J'AI UN BATEAU BLEU.
NON NON, POUSSE PAS !
NOUS ON ATTEND QUE CE SOIT VERT.
D'ACCORD.
WOUAH ! PLOUF !
PASSE ! PASSE ! LES CARILLONS.
HÉ ! TUT ! TUT ! WOUAH BOUM !
EH, ON EST TOUT BRÛLÉS À CAUSE DE TOI !
OUILLE OUILLE OUILLE.
AH JE VOULAIS ALLER LÀ, TÛ TÛ TÛ.
OH HISSE ! MA SAUCISSE !
ET MA BOUÉE !
MAIS ON DIRAIT BIEN QU'IL FLOTTE !
Y FLOTTE MON BONHOMME.
♫ Y FLOT ! ♫ Y FLOT ! ♫
ALLEZ, BATEAU, À FOND !
IL A DEUX BATEAUX À MOTEUR.
WOUATCHOU A DEUX BATEAUX !
TUT ! TUT !
J'AI DIT : FAUT PAS MANGER LES OUTILS ! C'EST PAS BON LES OUTILS !
ÇA NON, C'EST PAS BIEN BON.
DE L'AUTRE CÔTÉ, C'EST FERMÉ.
WHUM !
OH HISSE !
EN PLUS, C'EST LUI QUI M'A DIT TUT TUT COMME UN GROS CHIEN.
QUI ÇA ? SUPER JOE BILL ?
OH ZUT, ON A DE L'EAU.
COMMENT JE VAIS FAIRE MAINTENANT ?

FAUT QUE JE TROUVE CE CADEAU.
HYPERMA
P
CAFETERIA
ENTREE
PROMO
ÇA PROMET.
Barbie Lorie
LAIT FROMAGE
SURGELES
CAFÉ
GI JOE
COW BOY JOE
NE CONVIENT PAS AUX ENFANTS DE MOINS DE 6 ANS
SCROUBABBLE
SCROUBABBLE
SCROUBABBLE
PUISSANCE 4
QUI EST-CE
PUISSANCE 4
À PARTIR DE 6 ANS
DE 6 À 99 ANS.
7 ANS ET PLUS
8 ANS ET PLUS.
LES INCOLLABLES
MONOPOLY
MONOPOLY
ET ÇA LÀ, LOISIRS CRÉATIFS, KIT DE MOULAGE.
6 ANS ET +.
RESTENT LES CRAYONS DE COULEUR.
QUOI ? PARFUMÉS !
NE CONVIENT PAS AUX ENFANTS INTELLIGENTS.
MIAM
PUZZLE MOINS DE 6 ANS : 35 PIÈCES.
TROP MINABLE, 35 PIÈCES.
LEGO BIONICLE, PAS MAL. MERDE, 7 ANS ET +.
MÉDABOTS : 6 ANS ET +.
SPLOB : 8 ET +.
BARBIE LORIE
NE CONVIENT PAS AUX ENFANTS DE MOINS DE 30 ANS.
SORTIE

ÇA VOUS DIRAIT DE MONTER UNE ASSOCIATION POUR LA REPRISE SANS DÉLAI DE LA FABRICATION DES CHAMBORD ?
GRAISSES VÉGÉTALES HYDROGÉNÉES, SIROP DE GLUCOSE, FRUCTOSE, DEXTROSE, FÉCULE DE POMME DE TERRE, MONO ET DIGLYCÉRIDE D'ACIDES GRAS, LÉCITHINE DE SOJA, DIPHOSPHATE DISODIQUE, CARBONATE D'AMMONIUM, PROTÉINES DE LAIT, SORBITOL, POLYSORBATE, GLYCÉROL, COLORANT E120, E122, E171, CITRATE CALCIQUE, ACIDE CITRIQUE, PECTINE.
SOINS DU VISAGE
PEAUX MATURES
ANTI-ÂGE
EXTRA SÉRUM FORCE +, RÉPARATEUR LÈVRES ET YEUX.
FAUT METTRE DE LA CRÈME DANS LES YEUX AUSSI ?
VITALISANT INTENSIF NUTRITION, SOIN AUTO-DÉFENSE RÉGÉNÉRANT AUX ENZYMES DE JEUNESSE.
DÉTOXIFIANT RELIPIDANT SUBLIMATEUR AUX ISOFLAVONES D'OLÉOSOMES. CONTRE LES STRESS OXYDATIFS.
POURQUOI S'EMMERDER À PARLER FRANÇAIS, HEIN ?
CELLU
RESTRUCTURE L'ARCHITECTURE CUTANÉE. SON PARFUM ÉNERGISANT DYNAMISE VOTRE CORPS ET VOTRE ESPRIT POUR VOUS SENTIR DANS UNE FORME OPTIMALE.
NUTRI-FIT
SUPERSLIM +
HYDRA +
CELLU-
"J'AI 43 ANS"
BAIN MOUSSANT 100% DE RÉUSSITE AU BAC.
DETOX ++
HYGIENIQUE
PROMO
ATTENDS, JE RÊVE.
1ER PRIX
BEST
AH LES CONS, ILS ONT MIS UNE PAGE WEB SUR LE PAQUET DE PQ ! WWW.MONDEDEBIENETRE.COM !
AH LES CONS !
NOUVEAU

PROMO
"PLAID 4 EN 1 : UN DESSUS DE CANAPÉ, UNE COUVERTURE D'APPOINT, UN TAPIS DE JEU, UNE NAPPE POUR PIQUE-NIQUER"
UN PLAID, QUOI.
-30%
TIENS, J'CROIS QU' Y A PLUS DE SUCRE EN POUDRE À LA MAISON, TANT QUE J'Y SUIS.
-40%
"RETROUVEZ UNE SÉLECTION D'OEUVRES D'ART ET LEUR HISTOIRE ÉCRITE SPÉCIALEMENT POUR VOUS. TROIS DOSSIERS THÉMATIQUES ! LES FEMMES DANS L'ART, LES ENFANTS DANS L'ART, LES ANIMAUX DANS L'ART."
SUCRE
LES FEMMES, LES ENFANTS, LES ANIMAUX.
NOUVEAU
POURQUOI PAS LES HOMMES DANS L'ART, LES VIEUX DANS L'ART, ET LES CHAUSSURES DANS L'ART ?
ET ÇA C'EST QUOI ENCORE COMME CONNERIE ?
PROMO
CONFITURES - MIEL -
"DÉCORATIF DÉCORATIF DÉCORATIF."
DÉCORATIF

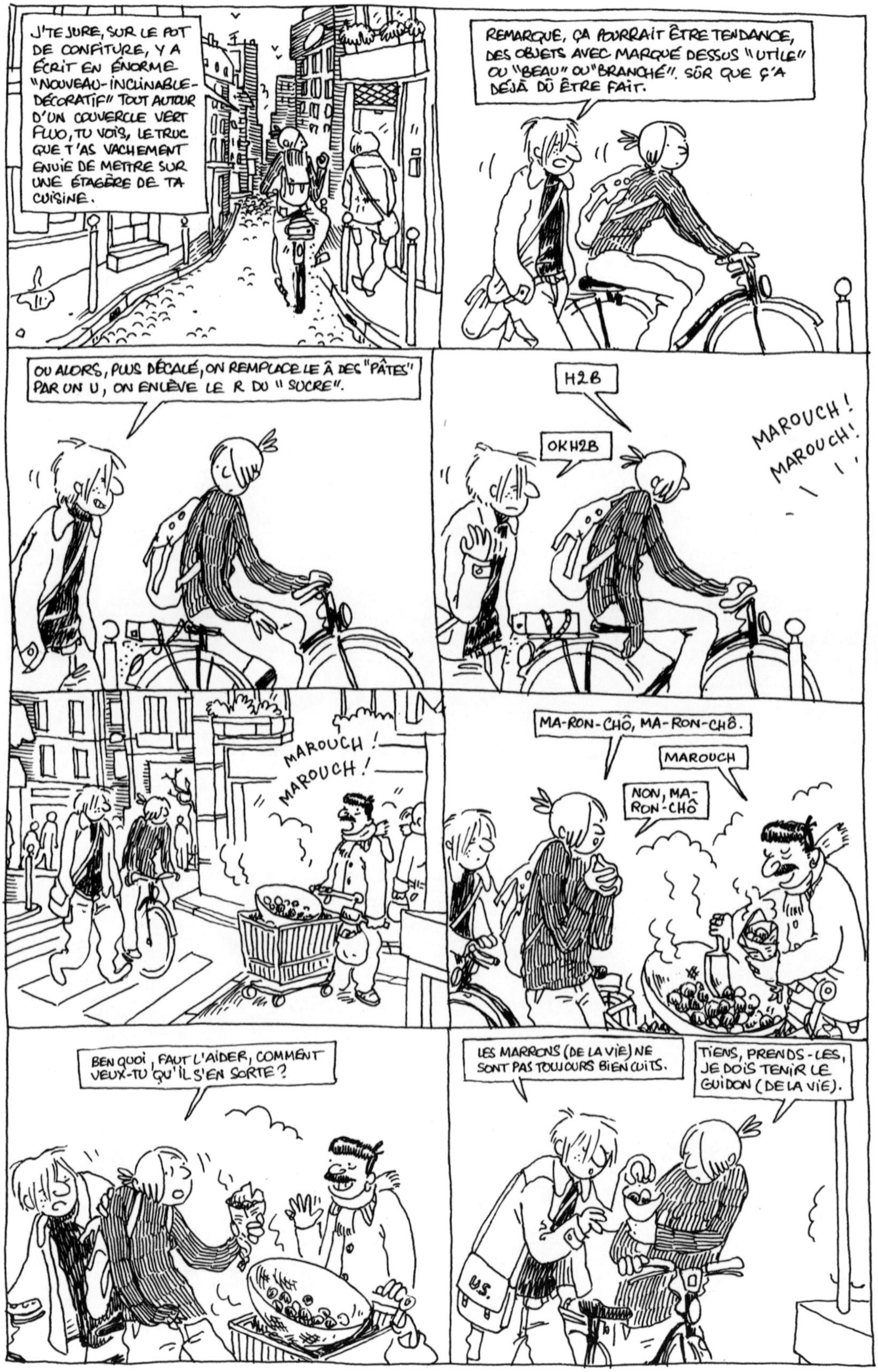
J'TE JURE, SUR LE POT DE CONFITURE, Y A ÉCRIT EN ÉNORME "NOUVEAU-INCLINABLE-DÉCORATIF" TOUT AUTOUR D'UN COUVERCLE VERT FLUO, TU VOIS, LE TRUC QUE T'AS VACHEMENT ENVIE DE METTRE SUR UNE ÉTAGÈRE DE TA CUISINE.
REMARQUE, ÇA POURRAIT ÊTRE TENDANCE, DES OBJETS AVEC MARQUÉ DESSUS "UTILE" OU "BEAU" OU "BRANCHÉ". SÛR QUE Ç'A DÉJÀ DÛ ÊTRE FAIT.
OU ALORS, PLUS DÉCALÉ, ON REMPLACE LE Â DES "PÂTES" PAR UN U, ON ENLÈVE LE R DU "SUCRE".
H2B
OKH2B
MAROUCH ! MAROUCH !
MAROUCH ! MAROUCH !
MA-RON-CHÔ, MA-RON-CHÔ.
MAROUCH
NON, MA-RON-CHÔ
BEN QUOI, FAUT L'AIDER, COMMENT VEUX-TU QU'ILS S'EN SORTE ?
LES MARRONS (DE LA VIE) NE SONT PAS TOUJOURS BIEN CUITS.
TIENS, PRENDS-LES, JE DOIS TENIR LE GUIDON (DE LA VIE).
U.S.

ON SE DEMANDE BIEN POURQUOI D'AILLEURS.
IL EST ABSOLUMENT IMPOSSIBLE DE POUVOIR DEVENIR QUOI QUE CE SOIT EN CE MONDE, D'AVOIR LA MOINDRE HISTOIRE PERSONNELLE.
ÇA FAIT DÉJÀ QUATRE ANS QU'ON ME TRAITE D'ADO. ON DIRAIT BIEN QUE C'EST TOUT CE QU'ON MÉRITE DE 12 À 40 ANS.
LES ENFANTS SONT DES "PRÉADOS" ET LES ADULTES DES "ADOS ATTARDÉS"
DIRECTEMENT DE L'IMPATIENCE À LA NOSTALGIE.
DANS LA VIE, T'ES ADO OU MORT
OU VIEUX.
OUI C'EST BIEN ÇA, MORT.
ET PUIS ALORS, TOUT CE QUE TU PEUX FAIRE EST IMMÉDIATEMENT QUALIFIÉ DE "RITE DE PASSAGE"
JE RITE DE PASSAGE, TU RITES DE PASSAGE, IL RITE DE PASSAGE.
NOUS RITONS DE PASSAGE.
DIRE QUE MON PÈRE EST SUPER FIER D'ÊTRE, COMMENT IL DIT DÉJÀ, "ENCORE UN PEU ADO".
ALLEZ, JE FILE, IL PLEUT SUR LE SUCRE DE LA VIE.
LIBRAIRIE
AH OUI, TU AS UNE GROSSE TACHE SUR TA VESTE.
OH !
MEUHH ! MEUH !
NON MA PUCE, UNE TACHE, PAS UNE VACHE.

J'AI PRIS DU SUCRE ! DU SUCRE SUR L'ART !
LE LYCÉE A TÉLÉPHONÉ
ILS AURAIENT PU ENVOYER UN MAIL, C'EST PLUS MODERNE.
OUAIS BON, J'ÉTAIS PAS EN COURS CE MATIN ET ALORS ? QU'EST-CE QUE J'AI RATÉ ? LE DERNIER CLIP DE NAPOLÉON ?
C'EST IMPORTANT, L'ÉCOLE.
POURQUOI C'EST IMPORTANT ?
ON APPREND DES CHOSES UT... EUH... IMP... EUH INTÉRESSANTES.
ON N'APPREND PAS À CONDUIRE, NI À DANSER, NI À JARDINER, COUDRE OU CUISINER, NI LA RELAXATION, NI L'ENTRAIDE.
L'ÉCOLE EST ARBITRAIRE. ELLE ARBITRE, ÇA D'ACCORD.
ET JE NE SÈCHE PAS LES MATIÈRES QUI ARBITRENT.
EST-CE QU'ON POURRAIT DISCUTER CALMEMENT 2 MINUTES ?
DISCUTER DE QUOI ? J'AI FLAUBERT EN MAGASIN, LÀ. OU MAUPASSANT.
UN PETIT PEU DE MAUPASSANT ?
TA CHAMBRE EST DANS UN ÉTAT ! TU POURRAIS RANGER ! C'EST NI FAIT NI À FAIRE !
OUI MAIS DANS "NI FAIT NI À FAIRE", Y A "NI À FAIRE".
TU POURRAIS AUSSI ÊTRE PLUS GENTILLE.
C'EST ÇA, D'UNE GENTILLESSE BIEN MÉPRISANTE. TU N'AS JAMAIS REMARQUÉ COMBIEN LA GENTILLESSE PEUT ÊTRE ODIEUSE ?
AVEC CETTE FAÇON D'ÊTRE, TU FAIS PEUR À TOUT LE MONDE !
OH ! JE FAIS PEUR TANT QU'ON NE ME CONNAÎT PAS... ENSUITE, JE FERAIS PLUTÔT PITIÉ...

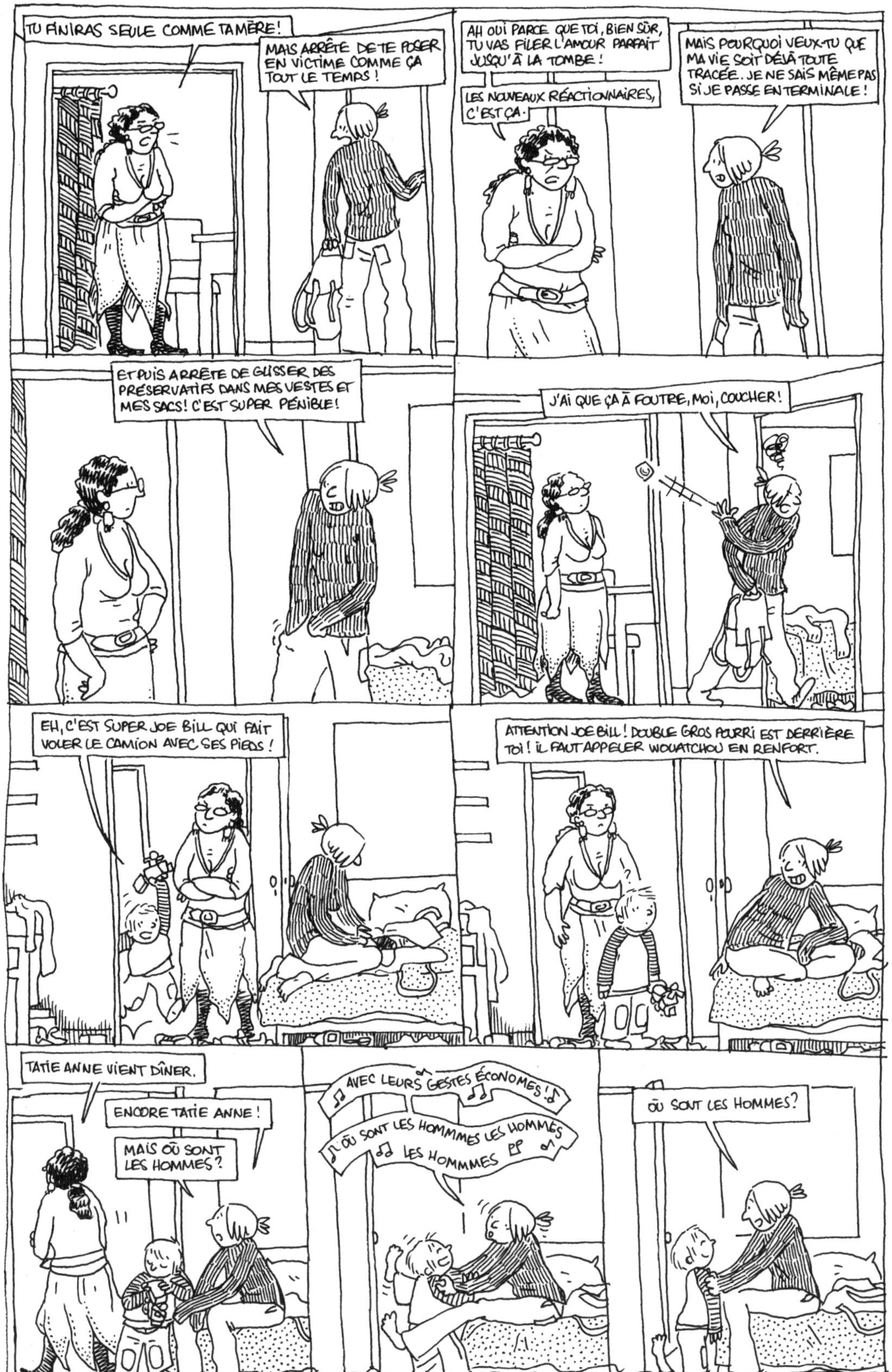
TU FINIRAS SEULE COMME TA MÈRE !
MAIS ARRÊTE DE TE POSER EN VICTIME COMME ÇA TOUT LE TEMPS !
AH OUI PARCE QUE TOI, BIEN SÛR, TU VAS FILER L'AMOUR PARFAIT JUSQU'À LA TOMBE !
LES NOUVEAUX RÉACTIONNAIRES, C'EST ÇA.
MAIS POURQUOI VEUX-TU QUE MA VIE SOIT DÉJÀ TOUTE TRACÉE. JE NE SAIS MÊME PAS SI JE PASSE EN TERMINALE !
ET PUIS ARRÊTE DE GLISSER DES PRÉSERVATIFS DANS MES VESTES ET MES SACS ! C'EST SUPER PÉNIBLE !
J'AI QUE ÇA À FOUTRE, MOI, COUCHER !
EH, C'EST SUPER JOE BILL QUI FAIT VOLER LE CAMION AVEC SES PIEDS !
ATTENTION JOE BILL ! DOUBLE GROS POURRI EST DERRIÈRE TOI ! IL FAUT APPELER WOUATCHOU EN RENFORT.
TATIE ANNE VIENT DÎNER.
ENCORE TATIE ANNE !
MAIS OÙ SONT LES HOMMES ?
AVEC LEURS GESTES ÉCONOMES !
OÙ SONT LES HOMMES LES HOMMES LES HOMMES
OÙ SONT LES HOMMES ?

FAUT QUE J'AIDE CE PAUVRE PETIT FRÈRE : DANS UN TEL BOUILLON DE BONNES FEMMES, IL VA VIRER MABOUL.
HÉ, LE CLIGNOTANT, C'EST PAS POUR LES CHIENS ?!
CHAQUE FOIS QUE JE VAIS AU SUPER-MARCHÉ PRENDRE DES SURGELÉS, C'EST PAREIL.
QUAND JE ME PENCHE POUR ATTRAPER LES CRÊPES JAMBON-FROMAGE, JE PASSE UNE PORTE. JE ME RETROUVE AILLEURS.
AH ?
ÇA NE LE FAIT QU'AVEC LES JAMBON-FROMAGE. PAS AVEC LES CHAMPIGNONS.
ET VOUS VOUS RETROUVEZ OÙ ?
EH BIEN AILLEURS MAIS AU MÊME ENDROIT. DANS UN AUTRE MONDE IDENTIQUE.
AH MAIS ÇA C'EST NORMAL. IL Y A UN NOMBRE INFINI DE MONDES PARALLÈLES EXACTEMENT IDENTIQUES DANS LESQUELS IL SE PASSE LES MÊMES CHOSES. C'EST BIEN CONNU.
AU REVOIR MADAME.
N'EMPÊCHE, C'EST FATIGANT.
POOOOOO
LAITERIE MICHEL
TSOINNN
CHIENS
TSOINNN
TOI HO !

TU DIS ÇA PARCE QUE T'AS JAMAIS VU KRIS KREMO!
IL JONGLE AVEC TOUT ET À TOUTE VITESSE!
BAH, C'EST RIEN QUE DU CIRQUE.
MAIS NON LE JONGLAGE C'EST PAS PAREIL, YA PAS DE ROULEMENT DE TAMBOUR, PAS DE DANGER MIS EN SCÈNE, ON SALUE TRÈS PEU, C'EST HYPER RAPIDE.
T'ES COMME UN AUTOMATE, PRISE LANCER PRISE LANCER, TU PRENDS CE QUI ARRIVE, TU LAISSES ALLER CE QUI PART...
...DE LA VIE
PFHI
HI HI
HIN
ET YA DES P'TITS PROGRAMMES D'ANIM' TRÈS RIGOLOS POUR COMPRENDRE LES FIGURES COMPLEXES!
HÉ VÉRA, TU POURRAIS ME RÉEX-PLIQUER LES PIPS, S'TE PLAÎT?
HOP HOP POP
LAISSE TOMBER LES JEUX DE RÔLES, THOMAS, C'EST FAIT POUR LES NEUNEUS.
OUAIS OUAIS MAIS...
BON BON, LES PIPS C'EST 1 DÉ 6 PAR MULTIPLE DE 3 ET +1 +2 ENTRE.
PFFF.
TU CONNAIS LA TABLE DE 3 QUAND MÊME! DONC PIP 3 C'EST 1 DÉ, PIP 6 2 DÉS, PIP 9 3 DÉS ET ENTRE, PIP 4 C'EST 1 DÉ+1, PIP 5 1 DÉ+2, PIP 7 2 DÉS+1, PIP 8 2 DÉS+2 ETC.
AVEC DES BRIQUES ET DES CHAPEAUX, TU VOIS, ET I FAISAIT DEUX TOURS SUR LUI-MÊME ET IL RATTRA LES TROIS BRIQUES AU VO ET LES DEUX CHAPEAUX SUR LA TÊTE.
JE SUIS SÛR QU'ELLE CONNAÎT MÊME LES RÈGLES DU CURLING, OU DU GO, TIENS OUI, DU GO.
JE CROIS QUE J'AI COMPRIS CETTE FOIS.

QUOI ? TU VEUX ME FAIRE RÉCITER LES RÈGLES DU GO POUR CONCURRENCER NICO ?
BANDE DE PRIMATES.
PIP PIP 4 HEU 1 DÉ +1 PIP 5...
NON, PLUTÔT LA PICHNOT ! ALLEZ, LA PICHNOT ! LA PICHNOT !
LE JEU DE PICHENOTTES EST QUÉBÉCOIS. IL UTILISE DES DAMES ROUGES, DES DAMES VERTES, QUATRE CHIENS ET DEUX COMPTEUSES.
PIP 8 2 DÉS
MAIS, CHERS ÉLÈVES, AUJOURD'HUI NOUS ALLONS PLUTÔT NOUS INTÉRESSER AU PULUC. PRATIQUÉ PAR LES INDIENS KETCHIS, IL SE JOUE SIMPLEMENT AVEC 10 ÉPIS DE MAÏS.
+ 10 ÉPIS
PIP
C'EST BON, J'AI GAGNÉ LE CONCOURS DE CHIANT ?
?
PFF LE CONCOURS DE CHIANT, AH OUAIS, PFF !
H2B
AH BEN LE RECORD, C'EST TOUJOURS ANTONY GATTO AVEC 12 ANNEAUX. MAIS POUR LES 12 BALLES, C'EST BRUCE SARAFIAN.
H12B !
GYMNA

C'EST INHUMAIN, LES PAUVRES
JE PRÉFÈRE NE PAS REGARDER
PUSSY POWER
T'AS RAISON, C'EST LE TOUR DE THOMAS.
OH, IL EST TROP MIGNON, IL NE MÉRITE PAS ÇA.
REMARQUE, ÇA VACCINE. TOI QUI ES FOLLE DE LUI QUI S'EN FOUT, TU DEVRAIS REGARDER.
NON NON, JE TIENS À MA GRIPPE AMOUREUSE, BIEN LONGUE ET DOULOUREUSE.
AAAA
L'ESCRIME ALORS, ÇA TE PLAÎT ?
BOF.
MAIS TU CONTINUES OU PAS ?
BOF.
VÉRA, TU M'ÉCOUTES ?
BOF.
ALLEZ, VOUS RANGEZ LES TAPIS !
TAP TAP TAP
ON COURT DIX MINUTES DEHORS.
LE TOUR DES BÂTIMENTS,
EN SILENCE !
ET ON NE TRAÎNE PAS !

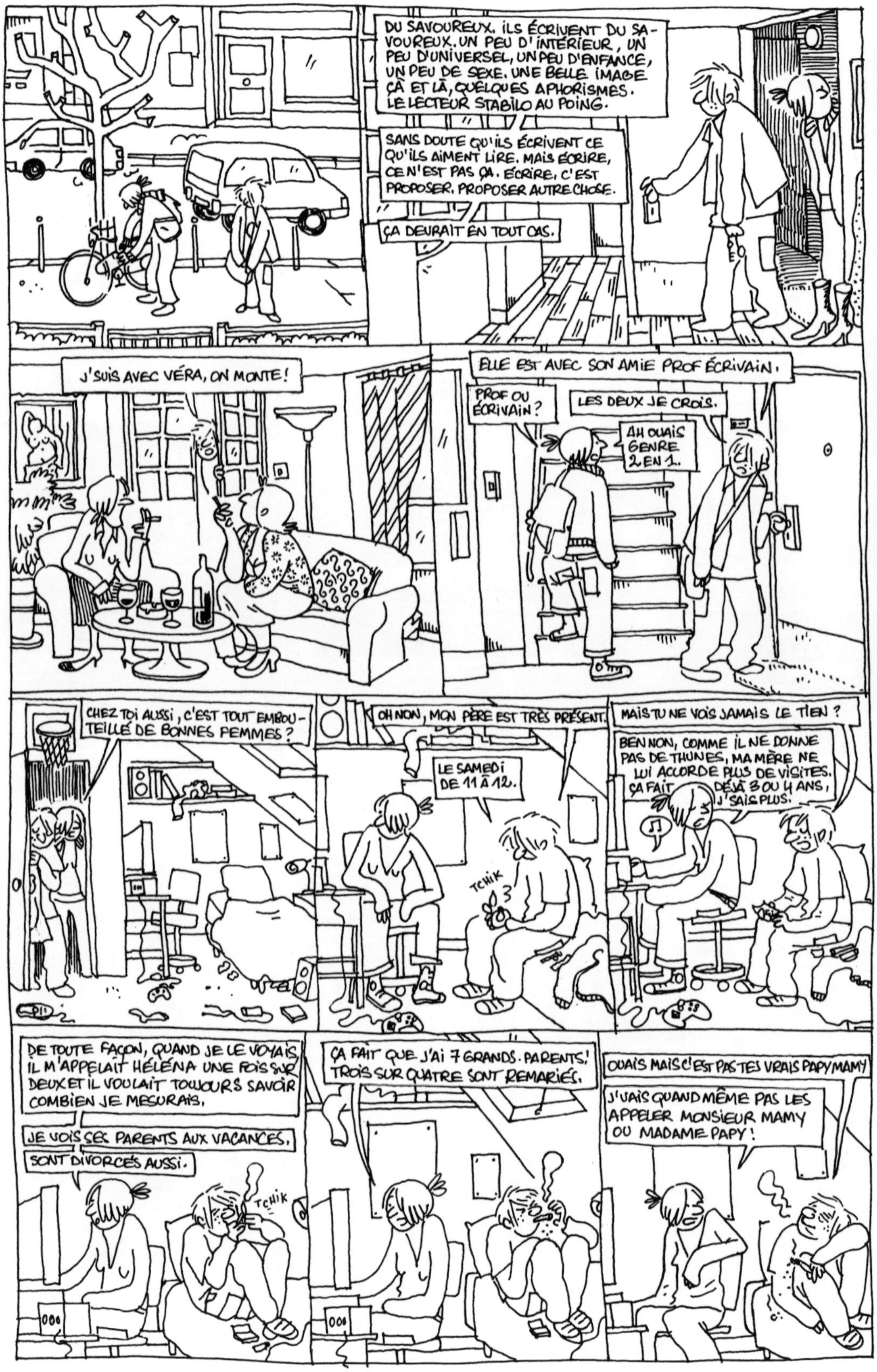
DU SAVOUREUX. ILS ÉCRIVENT DU SAVOUREUX. UN PEU D'INTÉRIEUR, UN PEU D'UNIVERSEL, UN PEU D'ENFANCE, UN PEU DE SEXE. UNE BELLE IMAGE ÇÀ ET LÀ, QUELQUES APHORISMES. LE LECTEUR STABILO AU POING.
SANS DOUTE QU'ILS ÉCRIVENT CE QU'ILS AIMENT LIRE. MAIS ÉCRIRE, CE N'EST PAS ÇA. ÉCRIRE, C'EST PROPOSER. PROPOSER AUTRE CHOSE.
ÇA DEVRAIT EN TOUT CAS.
J'SUIS AVEC VÉRA, ON MONTE !
ELLE EST AVEC SON AMIE PROF ÉCRIVAIN.
PROF OU ÉCRIVAIN ?
LES DEUX JE CROIS.
AH OUAIS GENRE 2 EN 1.
CHEZ TOI AUSSI, C'EST TOUT EMBOUTEILLÉ DE BONNES FEMMES ?
OH NON, MON PÈRE EST TRÈS PRÉSENT.
LE SAMEDI DE 11 À 12.
TCHIK
MAIS TU NE VOIS JAMAIS LE TIEN ?
BEN NON, COMME IL NE DONNE PAS DE THUNES, MA MÈRE NE LUI ACCORDE PLUS DE VISITES. ÇA FAIT DÉJÀ 3 OU 4 ANS, J'SAIS PLUS.
DE TOUTE FAÇON, QUAND JE LE VOYAIS, IL M'APPELAIT HÉLÉNA UNE FOIS SUR DEUX ET IL VOULAIT TOUJOURS SAVOIR COMBIEN JE MESURAIS.
JE VOIS SES PARENTS AUX VACANCES.
SONT DIVORCÉS AUSSI.
TCHIK
ÇA FAIT QUE J'AI 7 GRANDS-PARENTS ! TROIS SUR QUATRE SONT REMARIÉS.
OUAIS MAIS C'EST PAS TES VRAIS PAPY MAMY
J'VAIS QUAND MÊME PAS LES APPELER MONSIEUR MAMY OU MADAME PAPY !

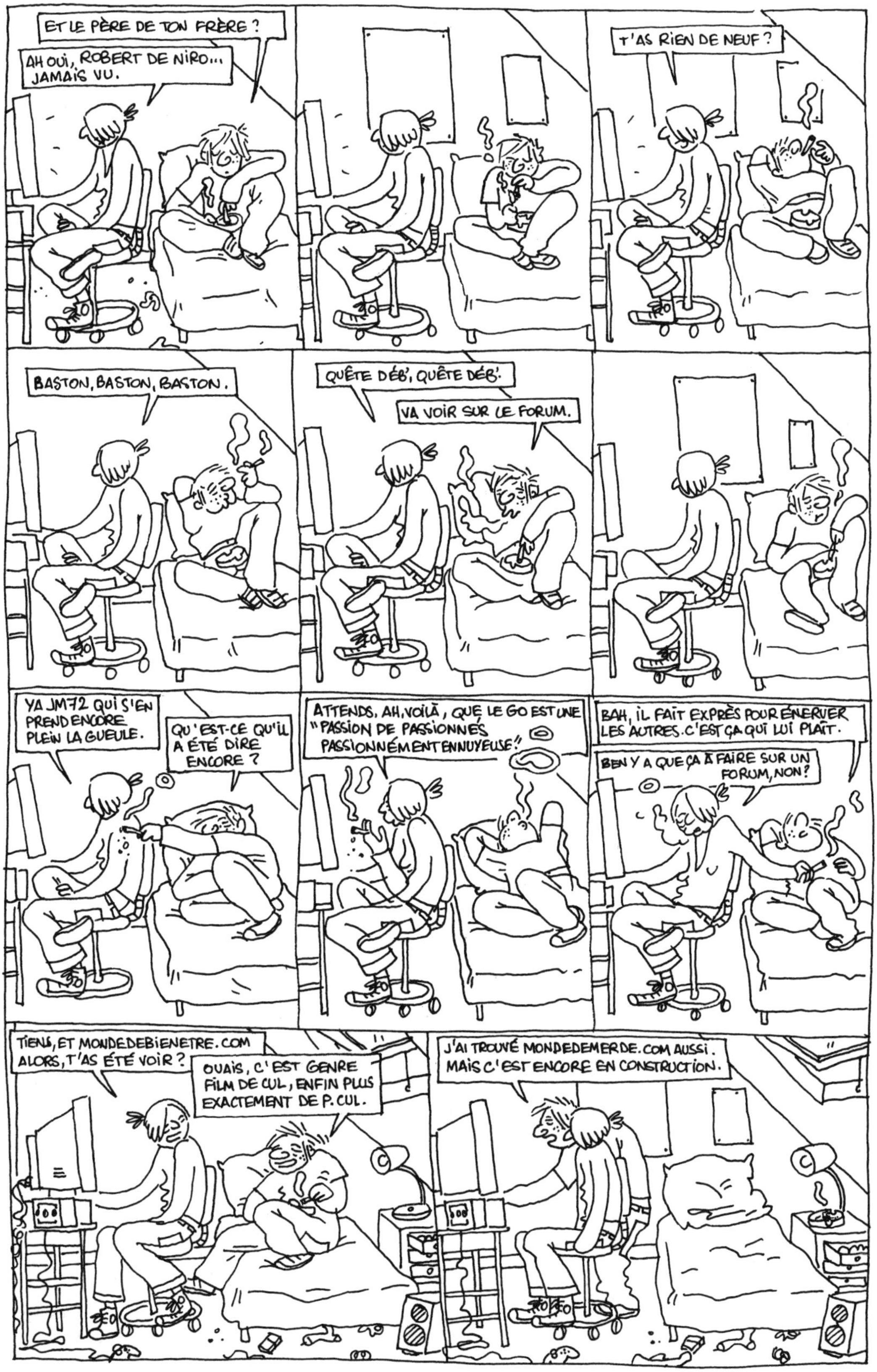
ET LE PÈRE DE TON FRÈRE ?
AH OUI, ROBERT DE NIRO... JAMAIS VU.
T'AS RIEN DE NEUF ?
BASTON, BASTON, BASTON.
QUÊTE DÉB', QUÊTE DÉB'.
VA VOIR SUR LE FORUM.
YA JM72 QUI S'EN PREND ENCORE PLEIN LA GUEULE.
QU'EST-CE QU'IL A ÉTÉ DIRE ENCORE ?
ATTENDS. AH, VOILÀ, QUE LE GO EST UNE "PASSION DE PASSIONNÉS PASSIONNÉMENT ENNUYEUSE".
BAH, IL FAIT EXPRÈS POUR ÉNERVER LES AUTRES. C'EST ÇA QUI LUI PLAÎT.
BEN Y A QUE ÇA À FAIRE SUR UN FORUM, NON ?
TIENS, ET MONDEDEBIENETRE.COM ALORS, T'AS ÉTÉ VOIR ?
OUAIS, C'EST GENRE FILM DE CUL, ENFIN PLUS EXACTEMENT DE P. CUL.
J'AI TROUVÉ MONDEDEMERDE.COM AUSSI. MAIS C'EST ENCORE EN CONSTRUCTION.

ON N'A QU'À PASSER AU VIDÉO-CLUB.
ALLEZ, PIRE POUR PIRE !
TU EMBRASSERAS PAUL POUR MOI.
AH OUAIS J'ME LA RAPPELLE.
C'EST L'ÉCRIVAIN INVISIBLE.
VIDEO CLUB
IL FAUT CONNAÎTRE TES TABLES DE MULTIPLICATION EN AVANCE. COMME ÇA TU SERAS LE MEILLEUR.
ÇA VEUT RIEN DIRE, LE MEILLEUR.

ALORS...
BOUCHERIE
Charcuterie
BOULANGERIE
KILL GILLES.
VROUM 3.
LE CM2 MAGIQUE.
PARMINOUS, SAISON 5.
Y AURAIT PAS UN GENRE GODARD AVEC DES JAMBES QUI DISENT DES TRUCS QU'ON N'ENTEND PAS À CAUSE DES EMBOUTEILLAGES?
À PAS.
ALORS, JE PRÉFÈRE ENCORE ALLER VOIR MA GRAND-MÈRE.
TU VIENS?
MOYEN.
T'AS VRAIMENT CRU QUE JE VOULAIS T'EMMENER CHEZ MA GRAND-MÈRE?
MOYEN.
À DEMAIN, ANAKIN!

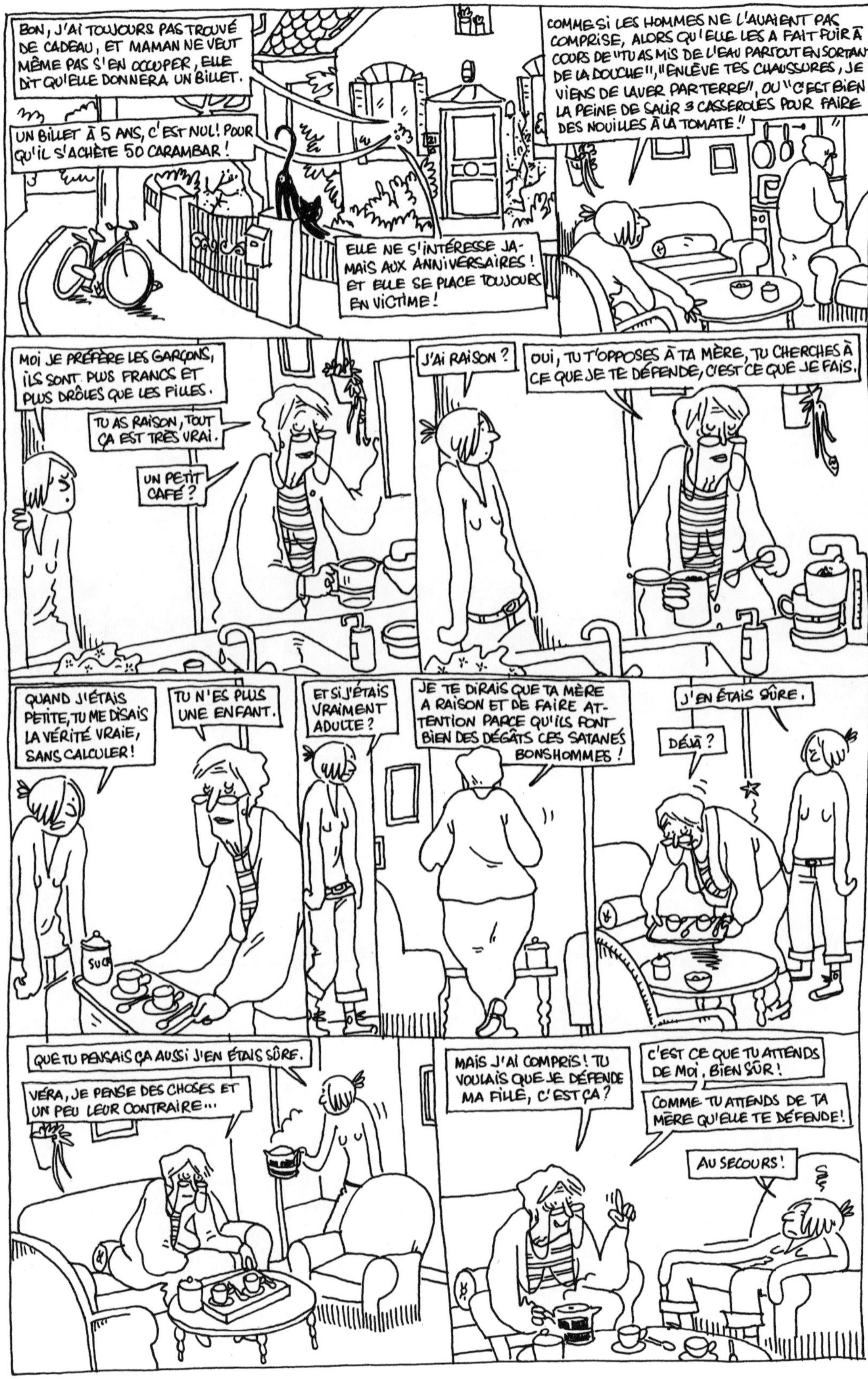
BON, J'AI TOUJOURS PAS TROUVÉ DE CADEAU, ET MAMAN NE VEUT MÊME PAS S'EN OCCUPER, ELLE DIT QU'ELLE DONNERA UN BILLET.
UN BILLET À 5 ANS, C'EST NUL! POUR QU'IL S'ACHÈTE 50 CARAMBAR!
ELLE NE S'INTÉRESSE JAMAIS AUX ANNIVERSAIRES! ET ELLE SE PLACE TOUJOURS EN VICTIME!
COMME SI LES HOMMES NE L'AVAIENT PAS COMPRISE, ALORS QU'ELLE LES A FAIT FUIR À COUPS DE "TU AS MIS DE L'EAU PARTOUT EN SORTANT DE LA DOUCHE", "ENLÈVE TES CHAUSSURES, JE VIENS DE LAVER PAR TERRE", OU "C'EST BIEN LA PEINE DE SALIR 3 CASSEROLES POUR FAIRE DES NOUILLES À LA TOMATE"!
MOI JE PRÉFÈRE LES GARÇONS, ILS SONT PLUS FRANCS ET PLUS DRÔLES QUE LES FILLES.
TU AS RAISON, TOUT ÇA EST TRÈS VRAI.
UN PETIT CAFÉ?
J'AI RAISON?
OUI, TU T'OPPOSES À TA MÈRE, TU CHERCHES À CE QUE JE TE DÉFENDE, C'EST CE QUE JE FAIS.
QUAND J'ÉTAIS PETITE, TU ME DISAIS LA VÉRITÉ VRAIE, SANS CALCULER!
TU N'ES PLUS UNE ENFANT.
ET SI J'ÉTAIS VRAIMENT ADULTE?
JE TE DIRAIS QUE TA MÈRE A RAISON ET DE FAIRE ATTENTION PARCE QU'ILS FONT BIEN DES DÉGÂTS CES SATANÉS BONSHOMMES!
J'EN ÉTAIS SÛRE.
DÉJÀ?
QUE TU PENSAIS ÇA AUSSI J'EN ÉTAIS SÛRE.
VÉRA, JE PENSE DES CHOSES ET UN PEU LEUR CONTRAIRE...
MAIS J'AI COMPRIS! TU VOULAIS QUE JE DÉFENDE MA FILLE, C'EST ÇA?
C'EST CE QUE TU ATTENDS DE MOI, BIEN SÛR!
COMME TU ATTENDS DE TA MÈRE QU'ELLE TE DÉFENDE!
AU SECOURS!

JE VEUX LA VÉRITÉ !
LA VÉRITÉ ? MAIS EN LA MATIÈRE, IL N'Y EN A PAS ! ET, S'IL Y EN AVAIT UNE, JE NE LA DÉTIENDRAIS SÛREMENT PAS !
EST-CE QUE TU VOIS UN VIEIL HOMME TRANQUILLE ET SON JOURNAL SUR MON CANAPÉ ?
J'AI MIS TRENTE ANS À RÉALISER QU'IL VALAIT MIEUX VIVRE SEULE QU'AVEC UN IMBÉCILE...
ÇA Y EST, ENCORE DES TRUCS SUR LES HOMMES !
JE NE DIS PAS QUE LES HOMMES SONT IDIOTS. SEULEMENT, CEUX QUI NE L'ÉTAIENT PAS NE S'INTÉRESSAIENT PAS À MOI.
PARCE QUE TU N'ÉTAIS PAS ASSEZ JOLIE, C'EST ÇA, ET QUE LES HOMMES NE S'INTÉRESSERAIENT SOI-DISANT QU'AUX
NON NON, JE N'ÉTAIS PAS LAIDE.
L'HOMME DE TA VIE, CE GÉNIE, TU NE L'AURAIS MÊME PAS SUPPORTÉ CINQ MINUTES !
IL N'Y A PAS FORCÉMENT QUELQU'UN, VÉRA.

C'TE TÊTE !
QU'EST-CE QUE T'AS ?
TU NOUS FAIS PAS UNE DÉPRESSION AU MOINS ?
SI, C'EST À CAUSE DE MA MÈRE.
ELLE N'A PAS PRIS ASSEZ D'OMEGA 3 PENDANT SA GROSSESSE.
POUSSE-TOI.
NON, JE TROUVE PAS DE CADEAU POUR MON FRÈRE ET C'EST SAMEDI.
TIENS, SKYWALKER.
ÇA Y EST MA MÈRE A DÉCIDÉ QUE JE DEVAIS ME RASER, ET VOUS NE DEVINEREZ JAMAIS CE QU'ELLE M'A ACHETÉ ?
DE LA MOUSSE À RASER AU BISABOLOL !
MAIS DIS-NOUS, EST-CE QU'ELLE EST " INTENSE ET ONCTUEUSE " TA MOUSSE AU BISABOLOL ?
BEN QUOI, NOËL, Y A PAS DE BISABOLOL DANS TA MOUSSE ?
NON MAIS REGARDE, C'EST UN ARTICLE SUR LES PROJETS DES 8-10 ANS.
GARÇONS : 21 % FOOTBALLEUR, 14 % POLICIER-GENDARME-MILITAIRE, 13 % POMPIER. FILLES : 32 % CHANTEUSE, 24 % INSTITUTRICE, 15 % DANSEUSE, 14 % COIFFEUSE.
ON Y EST JUSQU'AU COU.

IL ARRIVE À FOND COMME UN GROS CHIEN !
PAS DE SOUCI, WOUATCHOU VA L'ARRÊTER.
JE NE SUIS PAS UN BATEAU DE VOYAGE. JE SUIS UN BATEAU D'ESSENCE ! C'EST DE L'ESSENCE QUE J'AI SUR MON DOS. ALORS AVANCE !
JE VAIS ALLER ME BAIGNER.
♫ C'EST LA FÊTE DES BEIGNETS ! ♫ C'EST LA FÊTE DES BEIGNETS ! ♪
AÏE ! OH OH !
TIENS CRONCH ! YIAH POUF !
TU DORS OU QUOI ?
NON NON
WOUH ! OH LA, TU FAIS PEUR, TOI !
TÛ-TÛ, C'EST L'HEURE DE RENTRER.
ÇA FAIT LONGTEMPS QUE VOUS BOUGEZ PAS VOUS.
JE M'EN OCCUPE. ALLEZ LES BATEAUX, ON SE BOUGE UN PEU.
OUIN ! OUIN ! J'AI PAS DE MOTEUR, MOI !
ÇA FAIT UN BARRAGE, ÇA.
BROUM ! UN GROS ACCIDENT, LÀ !
OH ZUT, EN PLUS DE L'AUTRE CÔTÉ C'EST FERMÉ
♫ CROTTÉ CROTTÉ, CROTTE DE NEZ ! ♫
ADMETTONS
EHO JE SUIS RESTÉ LÀ HAUT !
SUPER J'Y VAIS !

ENCORE PLUS HAUT, OH T'ES TROP FORT. ENCORE PLUS FORT QUE WOUATCHOU !
MAIS JE VAIS Y ALLER À FOND, J'TE PRÉVIENS.
BING BOUM !
BEN MOI JE ME BAIGNE. SALUT COPAIN. JE METS MES BOUÉES.
MAMAN A DIT QUE SAMEDI, C'EST MON ANNIVERSAIRE DE MES 5 ANS.
C'EST VRAI ÇA ? ET QU'EST-CE QUE TU VOUDRAIS COMME CADEAU ?
JE VEUX PAS DE CADEAUX DE JOUETS.
BON BIEN. QUOI ALORS ?
ALLER À LA PLAGE !
MAIS ON EST EN FÉVRIER !
C'EST QUOI FÉVRIER ?
C'EST RIEN, BONNE NUIT.
T'AURAIS PU RENCONTRER DE NIRO QUAND T'ÉTAIS ENCORE AVEC PAPA, ÇA AURAIT FACILITÉ LE DIALOGUE ENTRE MON FRÈRE ET MOI.
RIGOLE, RIGOLE, TU VERRAS.
OUI OUI, JE SAIS !
SANS COMPTER MAUPASSANT.
"IL FAISAIT VIBRER EN ELLE LA CORDE DE POÉSIE RELIGIEUSE QUE TOUTES LES FEMMES ONT DANS L'ÂME !!
UNE VIE
UNE VIE
UNE VIE

ALORS, QUEL EST TON PROJET PROFESSIONNEL?
CONSEILLER D'ORIENTATION
AH? FAUT DIRE ÇA COMME ÇA?
CDI
QU'EST-CE QUI T'INTÉRESSE?
LES RÈGLES DE JEU.
OH LÀ! MAIS C'EST QUE C'EST ASSEZ BOUCHÉ, ÇA, LES RÈGLES DE JEU.
R'VOIR M'SSIEUR.
À BIENTÔT ALORS.
D'ORIENTATION
OH LÀ! MAIS C'EST QUE C'EST ASSEZ BOUCHÉ ÇA, LA BANDE DESSINÉE.

NON MAIS ATTENDS, COMMENT ILS SONT CONTENTS QU'ON SOIT ADOS ! COMME ILS ÉTAIENT PRESSÉS !
OUAIS, TELLEMENT ILS LA VEULENT, LA CONFRONTATION !
ILS SE PLAIGNENT POUR FAIRE JOLI MAIS ÇA LEUR FAIT TROP PLAISIR.
MANGE, MANGE, GRANDIS, PROGRESSE, ALLEZ VITE, VITE, QU'ON RIVALISE UN PEU !
JE TE DIS PAS LE PIED SI ON SAUTE UNE CLASSE ! OUAH, IL SERA PRÊT ENCORE PLUS VITE ! BÂTISSONS LE RING !
OUAIS D'AILLEURS, T'AS VU LES GRANDES POUBELLES QU'ILS VIENNENT D'INSTALLER À LA SORTIE DE LA CITÉ DES SCIENCES.
POUR Y METTRE LES GOSSES QU'ONT RIEN COMPRIS.
HF HF
HK HK
ALLEZ J'Y VAIS, J'AI DEVOIR DE MATHS
QU'EST-CE QUE TU FAIS APRÈS ?
JE ME SUICIDE ET ON SE RETROUVE AU CAFÉ
MON GRAND-PÈRE, LUI, IL DIT TOUT LE TEMPS : "LES GOSSES DE VINGT ANS"
AH OUAIS, GENRE "MAIS MADAME, COMMENT VOULEZ-VOUS QUE LES GOSSES DE VINGT ANS..."
OUAIS GENRE.
LUI, IL EST PAS TROP PRESSÉ.
ATTENDS, J'AI PAS DIT QU'ILS ÉTAIENT PRESSÉS QU'ON EN SORTE ! ÇA NON ! PARCE QU'ILS VONT FAIRE DURER. ÇA JE PEUX TE LE DIRE. PARCE QUE MON FRÈRE AÎNÉ QUI A 23 ANS...
NON PITIÉ ! PAS TON FRÈRE AÎNÉ QUI A 23 ANS !
PITIÉ !
PITIÉ !

TU T'CASSES DÉJÀ ?
J'PEUX PAS RESTER PLUS LÀ.
NAN, J'VOUS RACONTERAI PAS.
AH MAIS ! LE CLIGNO, MON CHIEN !
CHIEN DE... WOUAH WOUAH !
WOUF WOUF !
WOUF WOUAF WOUF WOUAF !
GRR ! WOUAP WOUAP !
ME V'LÀ !
VOILÀ POUR TON ANNIVERSAIRE, NOUS AVONS DÉCIDÉ D'ÊTRE TOUTES LES TROIS TOUT L'APRÈS-MIDI À TES ORDRES.
OUAIS !

ANNE BARAOU & FANNY DALLE-RIVE. NOVEMBRE 2005.

IL PARAÎT QUE DÈS L'ACCOUCHEMENT, ON EST TRANSFORMÉE, ON CHANGE...
QUOI ? ON MUTE ?

BEN, ÇA M'INQUIÈTE UN PEU TU VOIS. GENRE MONSTRE MATERNEL !
BRRR.

MAIS NON, LES FEMMES NE CHANGENT PAS LORSQU'ELLES ONT DES ENFANTS. SIMPLEMENT, ON LES DÉCOUVRE SOUS UN ANGLE DIFFÉRENT, QU'ON NE CONNAISSAIT PAS...

AH OUAIS, GENRE COMME LA GUERRE POUR LES MECS!

5

Ugoline Saine

J'AI PAS TELLEMENT ENVIE, MOI, DE NE PLUS ÊTRE COMME AVANT.
C'EST LES COPINES QUI DISENT TOUTES ÇA : " TU VERRAS, APRÈS, ON N'EST PLUS COMME AVANT. "
VOILÀ, J'AI LE BLUES AVANT LE BABY.
TOUT LE TEMPS ENVIE DE PLEURER.
ÇA VA ALLER, NE T'INQUIÈTE PAS...
JE SAIS BIEN MAIS C'EST DÉPRIMANT AUSSI, LÀ, COMME ÇA DE...
PFUUUT ♪
PÉTER DU CUL TOUTE LA JOURNÉE !
50

24 ZAI 92
ON DIRAIT ZIRA.
QUI ÇA ?
LA FEMME DE CORNELIUS DANS LA PLANÈTE DES SINGES.
OUH OUH
ON POURRAIT FAIRE LE POTAGER ICI.
ET LÀ, LE POULAILLER.
BULULUBURP BULULUBIRP
AH, SALUT ! OUAIS, ON VIENT D'ARRIVER. AH BEN D'ACCORD, OUAIS, SUPER... VOUS POUVEZ PASSER SANS PROBLÈME. OH, TU SAIS, ON VA PAS TROP BOUGER. PASSEZ QUAND VOUS VOULEZ, BAH, ON SERA LÀ DE TOUTE FAÇON.
OUAIS, TCHAO !
POURQUOI TU LEUR AS DIT ÇA ? ON NE VA PAS POUVOIR SE PROMENER NI RIEN, SAMEDI, PARCE QU'ON NE SAURA PAS QUAND ILS PASSENT !
C'EST VRAI, C'EST STUPIDE, JE VOULAIS JUSTE ÊTRE ARRANGEANTE.
MAIS EN PLUS, JUSTEMENT J'AVAIS ENVIE D'ALLER VOIR LES ENVIRONS, MOI, SAMEDI
CLK CLK
PMP
PMP

ALORS : UNE VOITURE, OBLIGÉ. UNE TONDEUSE, BEN OUI. UNE PERCEUSE, AU MINIMUM...
TU CROIS ? POURQUOI PAS UNE BÉTONNIÈRE ALORS ?
UNE MEULEUSE !
ALLEZ, SOYONS FOUS !
FRAGILE
UN MOTOCULTEUR !
NON, EH, ON VA ÊTRE TOUT MOTORISÉS DE PARTOUT À LA FIN !
BON, VOYONS ÇA, "LE CHOIX D'ALLAITER", "LE LIVRE BLEU DE L'ENFANT", "MON BÉBÉ MOIS PAR MOIS".
DIABLE ! MAIS CET ENFANT EST MONSTRUEUX, ON DIRAIT PIERRE BELLEMARE !
"ALLAITER N'ABÎME PAS LES SEINS. LA GLANDE MAMMAIRE EST LA MÊME POUR TOUTES LES FEMMES. ALLAITER N'EST PAS FATIGANT. AUCUNE PRÉPARATION N'EST NÉCESSAIRE.
COOL
LE COLOSTRUM, FABULEUX DIS-DONC, LE COLOSTRUM !
NE PAS DONNER DE BIBERONS DE COMPLÉMENT, PAS DE SOINS PARTICULIERS POUR LES SEINS. ON PEUT TIRER SON LAIT...
ET ON PEUT CONGELER SON LAIT EN PETITS GLAÇONS !
MMM ?
PRÉMATURÉS, PÉRIDURALE, CONTRACTIONS, DÉCLENCHEMENT, BOUCHON MUQUEUX ? BEUHEURK, POCHE DES EAUX, TRAVAIL, DÉLIVRANCE...
Z
HAUT
BAS
LES NOUVEAUX PÈRES
AH OUI, Y A AUSSI "LE LIVRET DE PATERNITÉ" SI TU VEUX.
TIENS.
Z

J'Y VAIS, À TOUT À L'HEURE !
BJR
BJR
EUH, BONJOUR.
MMM
QUE C'EST DOULOUREUX DE RESTER ASSISE COMME ÇA !
J'AI MON POIL AU MENTON QUI REPOUSSE, JE NE VAIS PAS TARDER À ACCOUCHER -
MOI ÇA ME RÉVEILLE LA NUIT, TELLEMENT JE PÈTE !
ET TU TE PISSES À LA CULOTTE AUSSI ?
J'AI DES DÉMANGEAISONS DANS LES PIEDS ET DANS LES MAINS. SURTOUT LE SOIR.
ET DES LANCEMENTS DANS LA HANCHE ET À L'INTÉRIEUR DES CUISSES ?
J'AI COMME DES BRÛLURES, LÀ, AU NIVEAU DU STERNUM
ET LÀ IL ME DIT : "OH, AUTREFOIS LES FEMMES ACCOUCHAIENT DANS LES CHAMPS ET PUIS VOILÀ."
LE LENDEMAIN, LE BOUCHER : " MA MÈRE, ELLE TRAYAIT LES VACHES UNE HEURE AVANT ! "
SANS COMPTER MON BEAU-PÈRE, L'AUTRE JOUR : "MAINTENANT, FAUDRAIT PLUS RIEN FAIRE, NE PAS MANGER CECI CELA. ON EN FAIT TROP. C'EST QUAND-MÊME NATUREL ! "
SEULEMENT VOILÀ CE SONT TOUJOURS DES HOMMES QUI ME DISENT CES TRUCS-LÀ !

À NE PAS OUBLIER : SLIPS-FILETS, COQUILLE SI VOUS ALLAITEZ, TURBULETTE...
C'EST QUOI UN SLIFILET ?
C'EST QUOI UNE TURBULETTE ?
C'EST UNE GIGOTEUSE.
AH
QUI A L'INTENTION D'ALLAITER ?
DONC, NOUS N'EN PARLERONS QUE SI VOUS AVEZ DES QUESTIONS.
LE CHOIX D'ALLAITER
VOUS AVEZ DÉJÀ DÛ RECEVOIR CETTE BROCHURE QUI EST TRÈS BIEN FAITE.
MAINTENANT JE FERME LES YEUX.
À PARTIR D'EN HAUT, JE ME DÉTENDS.
JE DÉCONTRACTE LE FRONT, LES YEUX, LES JOUES, LE COUOUOU ... LES MAINS, LE DOS...
VERTÈBRE APRÈS VERTÈBRE.
JE RESPIRE CALMEMENT, JE RELÂCHE LA POITRINE, LE VENTRE, LE BASSIN...
JE DÉCONTRACTE LE PÉRINÉE QUI SERA SI IM-POR-TANT AU MOMENT DE L'ACCOUCHEMENT.
FFH
C'EST QUOI LE PÉRINÉE ?
PUIS JE RELÂCHE LES CUISSES, LES GENOUX, LES MOLLETS, LES PIEDS ET JUSQU'AU BOUOUOUT DES ORTEILS.
Z
PFFUIT
FHH
VOUS ALLEZ RESSENTIR UNE LOURDEUR OU AU CONTRAIRE UNE LÉGÈRETÉ, OU ENCORE UN PICOTEMENT.
CELA N'A AUCUNE IMPORTANCE.
Z
C'EST LE SIGNE DE VOTRE RELAXATION QUE VOUS APPRENDREZ À RECONNAÎTRE.
Z
PFUUT

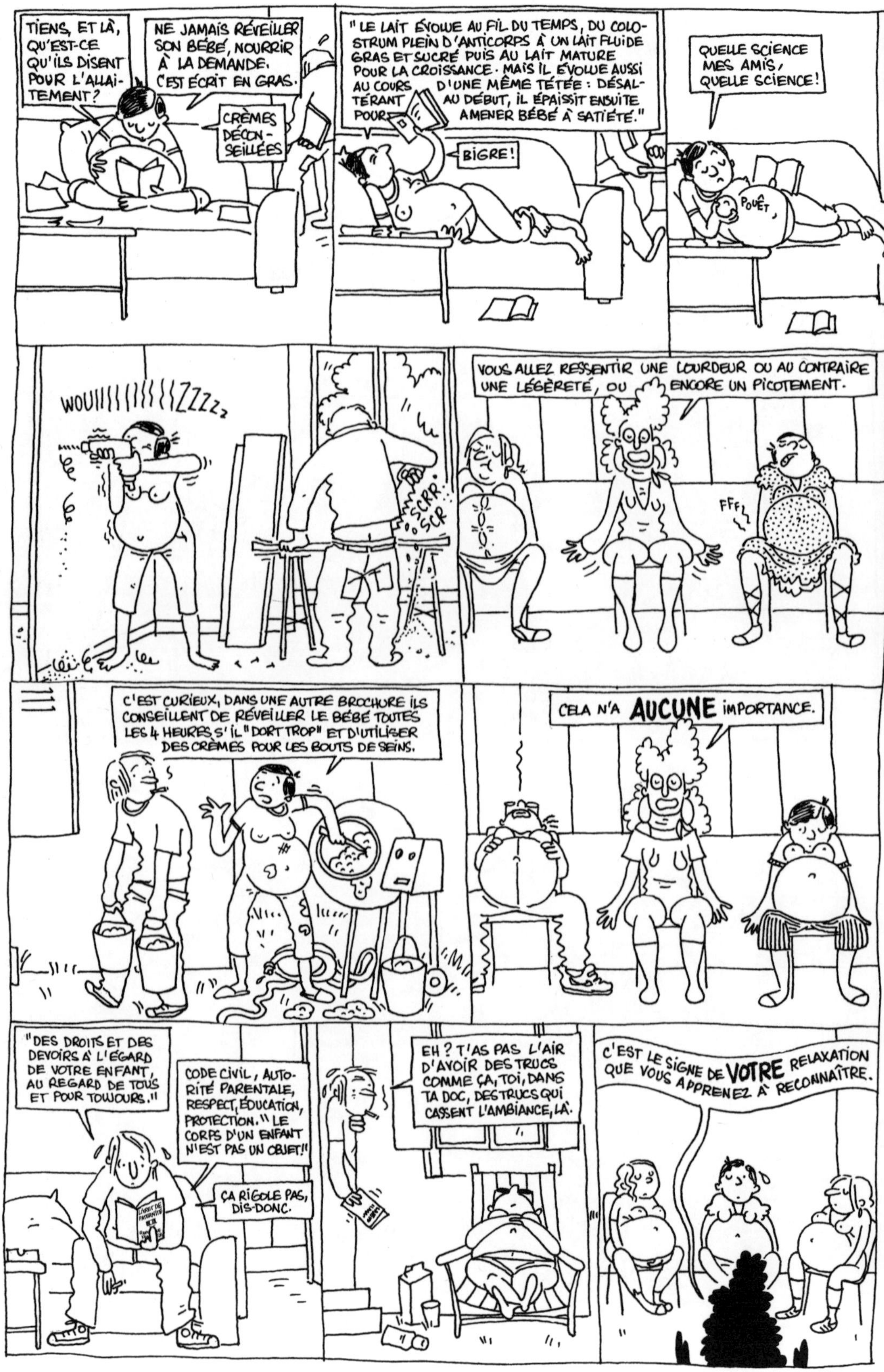
TIENS, ET LÀ, QU'EST-CE QU'ILS DISENT POUR L'ALLAITEMENT?
NE JAMAIS RÉVEILLER SON BÉBÉ, NOURRIR À LA DEMANDE. C'EST ÉCRIT EN GRAS.
CRÈMES DÉCONSEILLÉES
"LE LAIT ÉVOLUE AU FIL DU TEMPS, DU COLOSTRUM PLEIN D'ANTICORPS À UN LAIT FLUIDE GRAS ET SUCRÉ PUIS AU LAIT MATURE POUR LA CROISSANCE. MAIS IL ÉVOLUE AUSSI AU COURS D'UNE MÊME TÉTÉE : DÉSALTÉRANT AU DÉBUT, IL ÉPAISSIT ENSUITE POUR AMENER BÉBÉ À SATIÉTÉ."
BIGRE!
QUELLE SCIENCE MES AMIS, QUELLE SCIENCE!
POUËT
WOUIIIIIIIIIIIZZZzz
SCRR SCR
VOUS ALLEZ RESSENTIR UNE LOURDEUR OU AU CONTRAIRE UNE LÉGÈRETÉ, OU ENCORE UN PICOTEMENT.
FFF
C'EST CURIEUX, DANS UNE AUTRE BROCHURE ILS CONSEILLENT DE RÉVEILLER LE BÉBÉ TOUTES LES 4 HEURES S'IL "DORT TROP" ET D'UTILISER DES CRÈMES POUR LES BOUTS DE SEINS.
CELA N'A AUCUNE IMPORTANCE.
"DES DROITS ET DES DEVOIRS À L'ÉGARD DE VOTRE ENFANT, AU REGARD DE TOUS ET POUR TOUJOURS."
CODE CIVIL, AUTORITÉ PARENTALE, RESPECT, ÉDUCATION, PROTECTION." LE CORPS D'UN ENFANT N'EST PAS UN OBJET!"
ÇA RIGOLE PAS, DIS-DONC.
EH ? T'AS PAS L'AIR D'AVOIR DES TRUCS COMME ÇA, TOI, DANS TA DOC, DES TRUCS QUI CASSENT L'AMBIANCE, LÀ.
C'EST LE SIGNE DE VOTRE RELAXATION QUE VOUS APPRENEZ À RECONNAÎTRE.

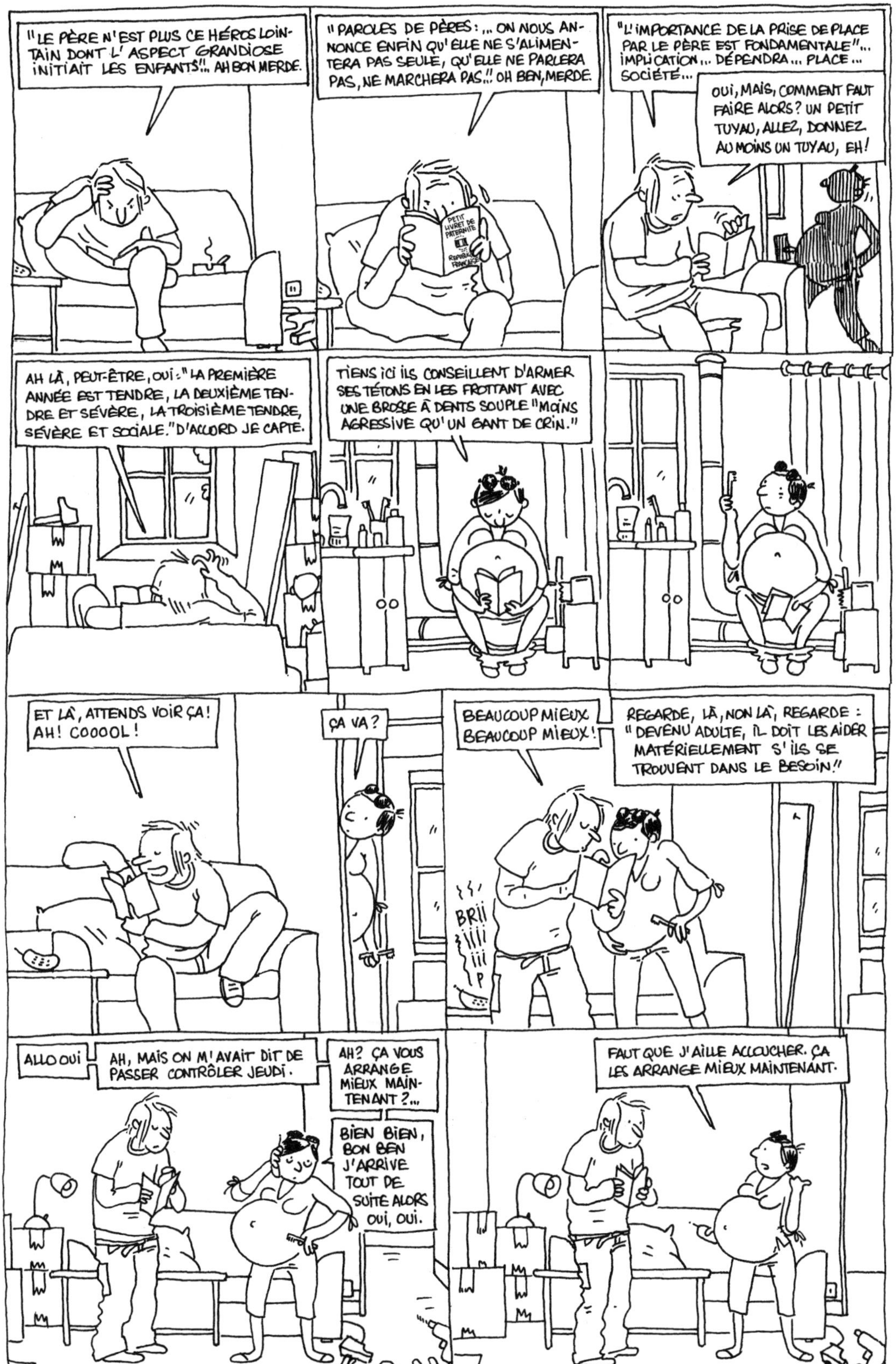
"LE PÈRE N'EST PLUS CE HÉROS LOINTAIN DONT L'ASPECT GRANDIOSE INITIAIT LES ENFANTS"... AH BON MERDE.
"PAROLES DE PÈRES : ... ON NOUS ANNONCE ENFIN QU'ELLE NE S'ALIMENTERA PAS SEULE, QU'ELLE NE PARLERA PAS, NE MARCHERA PAS..." OH BEN, MERDE.
PETIT LIVRET DE PATERNITÉ
RÉPUBLIQUE FRANÇAISE
"L'IMPORTANCE DE LA PRISE DE PLACE PAR LE PÈRE EST FONDAMENTALE"... IMPLICATION... DÉPENDRA... PLACE... SOCIÉTÉ...
OUI, MAIS, COMMENT FAUT FAIRE ALORS ? UN PETIT TUYAU, ALLEZ, DONNEZ AU MOINS UN TUYAU, EH !
AH LÀ, PEUT-ÊTRE, OUI : "LA PREMIÈRE ANNÉE EST TENDRE, LA DEUXIÈME TENDRE ET SÉVÈRE, LA TROISIÈME TENDRE, SÉVÈRE ET SOCIALE." D'ACCORD JE CAPTE.
TIENS ICI ILS CONSEILLENT D'ARMER SES TÉTONS EN LES FROTTANT AVEC UNE BROSSE À DENTS SOUPLE "MOINS AGRESSIVE QU'UN GANT DE CRIN."
ET LÀ, ATTENDS VOIR ÇA ! AH ! COOOOL !
ÇA VA ?
BEAUCOUP MIEUX BEAUCOUP MIEUX !
REGARDE, LÀ, NON LÀ, REGARDE : "DEVENU ADULTE, IL DOIT LES AIDER MATÉRIELLEMENT S'ILS SE TROUVENT DANS LE BESOIN !"
BRIIIIIIIP
ALLO OUI
AH, MAIS ON M'AVAIT DIT DE PASSER CONTRÔLER JEUDI.
AH ? ÇA VOUS ARRANGE MIEUX MAINTENANT ?...
BIEN BIEN, BON BEN J'ARRIVE TOUT DE SUITE ALORS OUI, OUI.
FAUT QUE J'AILLE ACCOUCHER. ÇA LES ARRANGE MIEUX MAINTENANT.

PAS D'ALLERGIE, PAS DE LENTILLES, PAS D'APPAREIL DENTAIRE ?
ON VA METTRE EN PLACE UN GEL.
ZUT J'AI OUBLIÉ DE PRENDRE UN LIVRE.
ET J'AI PAS LE DROIT DE MANGER.
IL DOIT BIEN Y AVOIR DES REVUES DANS LE HALL, DES REVUES POUR LES PAPAS.
...LLERGIE, PAS DE LENTILLES, PAS D'APPAREIL DENTAIRE ?
ALORS... GÉO : "COMPLEXE MOSAÏQUE DE PEUPLES : LE MONDE AFGHAN."
ICI ET LÀ LES TADJIKS, MMM. ÇA C'EST LES PACHTOUNES. EN ROUGE, LES BALOUTCHES. EN VERT, LES OUZBEKS.
LES NOURISTANIS PLUTÔT LÀ, LES TURKMÈNES EN HAUT. BIEN BIEN.
ET ALORS, LES AIMAKS ET LES AZARAS AU BEAU MILIEU.
GEO
OUI OUI ÇA VA. ÇA MANQUE UN PEU DE KIRGIZES MAIS BON. NON, RIEN. OH T'AS LE TEMPS, ILS M'ONT MIS UNE FICELLE MAIS LÀ Y A RIEN QUI SE PA... AAAAAH
UGOLINE ? ÇA VA ?
QUEL JOUR ON EST ?
MAIS QUI ÊTES-VOUS ?
VOUS AVEZ DEMANDÉ UGOLINE, NE QUITTEZ PAS, UNE CONTRACTION VA VOUS RÉPONDRE. AAAAAH
J'ARRIVE TOUT DE SUITE.

COMME LE PROPESS AVAIT DÉCLENCHÉ TROP FORT, ILS M'ONT PIQUÉE AU SUFEN MAIS ALORS J'ÉTAIS TOUTE GROGGY, ALORS ILS ONT PERFUSÉ DE L'OCYTO ET C'EST REPARTI SÉVÈRE MAIS LA PÉRIDURALE A TOUT CALMÉ ALORS ENCORE UN COUP D'OCYTO MAIS AILLE AILLE OUILLE ET ON REPOMPE SUR LA PÉRIDURALE...
BEN TOI QUI RECHIGNES QUAND JE TE DIS DE PRENDRE UN SIMPLE DOLIPRANE...
TIENS V'LÀ L'AUTRE SAGE-FEMME. ENCORE HEUREUX QUE C'EST PAS LA MIENNE, ELLE PASSE DE TEMPS EN TEMPS ET ELLE A TOUJOURS UN TEMPS DE RETARD.
ALORS, VOTRE BÉBÉ DESCEND MAIS VOTRE COL RESTE LONG.
NON, LÀ IL EST EFFACÉ.
AH BON.
PFFF
ALLEZ-Y MADAME SAINE, POUSSEZ, ALLEZ, C'EST SUPER CE QUE VOUS FAITES, ALLEZ-Y, POUSSEZ, C'EST SUPER...
ÇA VA ALLER, MONSIEUR ?
VOUS SOUHAITEZ ALLAITER ?
OUI OUI
ALORS AU SEIN, TOUT DE SUITE !
OUINNN
2 KG 460 ET 50 CM. TENEZ BIEN SA TÊTE.
OUH LÀ QUEL ASPIRATEUR !
OUI D'ACCORD. EUH, ET POURQUOI VOUS METTEZ CES GANTS DE VAISSELLE MAINTENANT ?
HA HA ! LA DAME A DIT : QUEL ASPIRATEUR !
ALLEZ PRENDRE UN CAFÉ MONSIEUR. TOUT VA BIEN.

C'EST QUE J'AI LAISSÉ SONNER, SONNER, ET ÇA NE RÉPOND PAS, ÇA NE RÉPOND PAS !
ILS SONT PEUT-ÊTRE CHEZ CASTO, VOILÀ, CHEZ CASTO. ILS SONT PROBABLEMENT CHEZ CASTO.
J'AURAIS PAS DÛ REGARDER, LÀ, J'AURAIS PAS DÛ REGARDER.
JE SUIS LA SAGE-FEMME DE SUITES DE COUCHES. VOUS ALLAITEZ ?
OUI, ENFIN, JE VAIS ESSAYER.
COMMENT ÇA ESSAYER ?
AH
SEULES LES FEMMES STRESSÉES N'ONT PAS DE LAIT.
PUTAIN, ENCORE HEUREUX QUE JE N'AI PAS ACCOUCHÉ AVEC ELLE NON PLUS.
VOUS GARDEZ LE BÉBÉ POUR LA NUIT ?
OUI
AH BON !
ON DIRAIT QUE ÇA L'EMBÊTE... POURQUOI ÇA ? ELLE VOULAIT LUI REFILER UN BIBERON EN DOUCE OU QUOI ?
BON, MAIS, FAUDRAIT ALLER AUX TOILETTES AVANT DE DORMIR.
C'EST QUE J'AI BEAUCOUP SAIGNÉ. JE NE ME SENS PAS TRÈS SOLIDE...
OUI. MAIS J'AIMERAIS BIEN QUE VOUS ALLIEZ AUX TOILETTES. ALLEZ.
BON, D'ACCORD.
J'AI FINI MAIS ÇA TOURNE UN PEU...
AIDEZ-MOI MONSIEUR !
MERDE
MERDE

MADAME! MADAME!
SCHLAK
SCHLAK
OH C'EST DRÔLE, J'AI RÊVÉ, J'ÉTAIS BIEN...
ET BIEN NOUS ON N'A PAS RIGOLÉ!
IL FAUT VOUS REPOSER MAINTENANT! N'EST-CE PAS MONSIEUR?
JE M'EN VAIS DANS 5 MINUTES ... MERCI POUR TOUT.
QU'EST-CE QU'ELLE A? JE NE LUI AI RIEN FAIT
CONNASSE.
JE CROIS QU'ELLE A EU PEUR QUE T'AIES UN MALAISE PLUS GRAVE ET QU'ON LUI REPROCHE DE T'AVOIR FAIT LEVER.
JE NE SAVAIS PAS QU'ON POUVAIT RÊVER LORS D'UN ÉVANOUISSEMENT.
C'EST PAS SI MAL DE S'ÉVANOUIR. J'AIMERAIS BIEN ÇA PLUS SOUVENT.
ELLE EST ODIEUSE. JE N'AI PAS TROP ENVIE DE TE LAISSER...
ON N'A PAS LE CHOIX, IL N'Y A RIEN POUR QUE TU DORMES ICI.
BON, JE SERAI LÀ DEMAIN MATIN.
MIEUX VAUT Y ALLER, SINON ELLE VA REVENIR TE BOTTER LE TRAIN.
C'EST VRAI, ALLEZ, BONNE NUIT MES ANGES.
J'AURAIS PAS DÛ REGARDER.
EH OUI, ÇA FAIT MAL, L'ALLAITEMENT!
AÏE OUILLE
L'O.M.S. DIT "NE JAMAIS INTRODUIRE DE BIBERON DE COMPLÉMENT!" EFFET NÉGATIF SUR LA LACTATION, LA SUCCION, REMISE AU SEIN TRÈS DIFFICILE...
HOULÀ, FAUT PAS DÉCONNER AVEC ÇA. ZÉRO BIB!
VADE RETRO BIBERONS!
RHHÔT

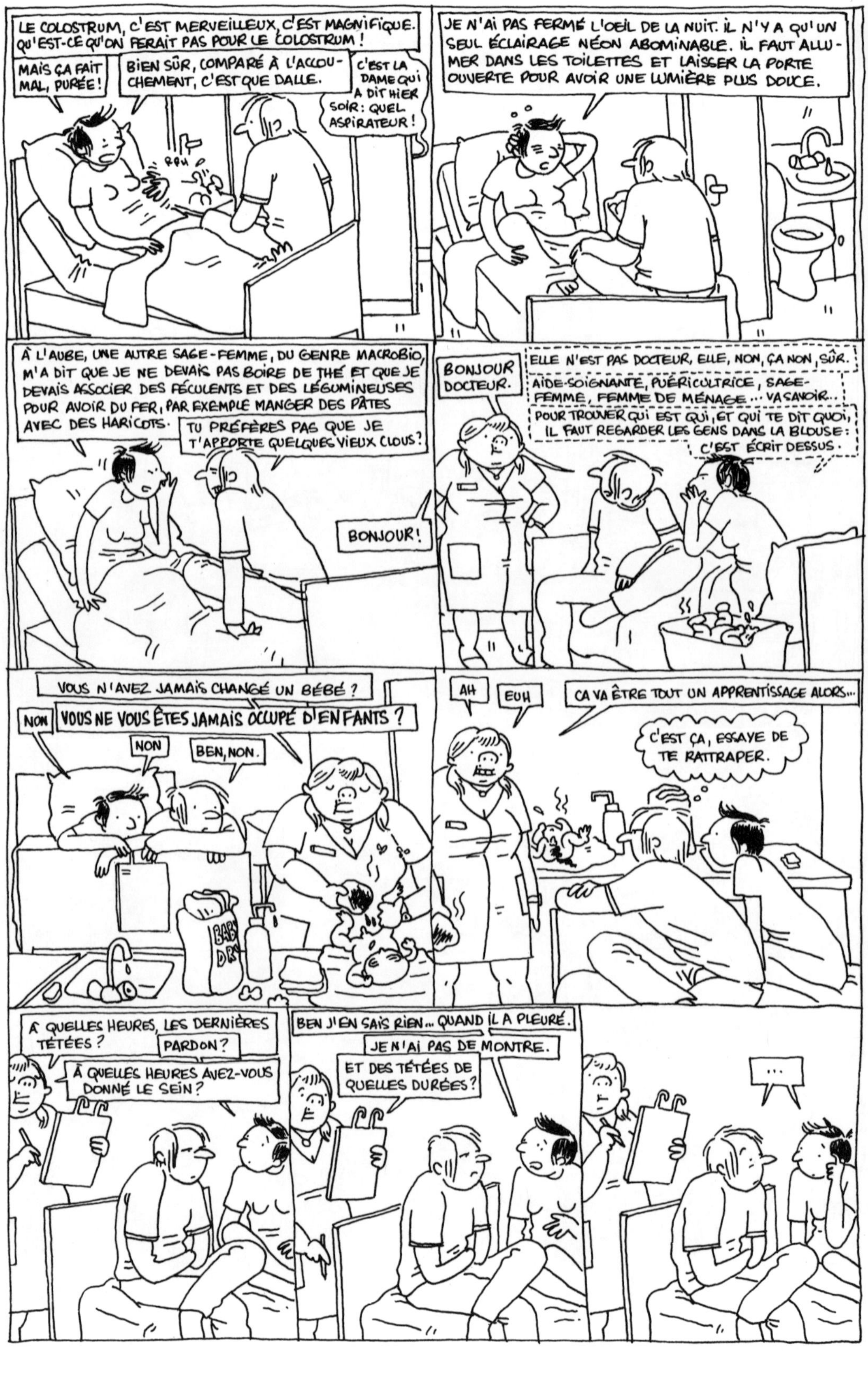
LE COLOSTRUM, C'EST MERVEILLEUX, C'EST MAGNIFIQUE. QU'EST-CE QU'ON FERAIT PAS POUR LE COLOSTRUM !
MAIS ÇA FAIT MAL, PURÉE !
BIEN SÛR, COMPARÉ À L'ACCOUCHEMENT, C'EST QUE DALLE.
C'EST LA DAME QUI A DIT HIER SOIR : QUEL ASPIRATEUR !
JE N'AI PAS FERMÉ L'OEIL DE LA NUIT. IL N'Y A QU'UN SEUL ÉCLAIRAGE NÉON ABOMINABLE. IL FAUT ALLUMER DANS LES TOILETTES ET LAISSER LA PORTE OUVERTE POUR AVOIR UNE LUMIÈRE PLUS DOUCE.
À L'AUBE, UNE AUTRE SAGE-FEMME, DU GENRE MACROBIO, M'A DIT QUE JE NE DEVAIS PAS BOIRE DE THÉ ET QUE JE DEVAIS ASSOCIER DES FÉCULENTS ET DES LÉGUMINEUSES POUR AVOIR DU FER, PAR EXEMPLE MANGER DES PÂTES AVEC DES HARICOTS.
TU PRÉFÈRES PAS QUE JE T'APPORTE QUELQUES VIEUX CLOUS ?
BONJOUR !
BONJOUR DOCTEUR.
ELLE N'EST PAS DOCTEUR, ELLE, NON, ÇA NON, SÛR.
AIDE-SOIGNANTE, PUÉRICULTRICE, SAGE-FEMME, FEMME DE MÉNAGE... VA SAVOIR...
POUR TROUVER QUI EST QUI, ET QUI TE DIT QUOI, IL FAUT REGARDER LES GENS DANS LA BLOUSE :
C'EST ÉCRIT DESSUS.
VOUS N'AVEZ JAMAIS CHANGÉ UN BÉBÉ ?
NON
VOUS NE VOUS ÊTES JAMAIS OCCUPÉ D'ENFANTS ?
NON
BEN, NON.
AH
EUH
ÇA VA ÊTRE TOUT UN APPRENTISSAGE ALORS...
C'EST ÇA, ESSAYE DE TE RATTRAPER.
À QUELLES HEURES, LES DERNIÈRES TÉTÉES ?
PARDON ?
À QUELLES HEURES AVEZ-VOUS DONNÉ LE SEIN ?
BEN J'EN SAIS RIEN... QUAND IL A PLEURÉ.
JE N'AI PAS DE MONTRE.
ET DES TÉTÉES DE QUELLES DURÉES ?
...

THÉ, CAFÉ OU CHOCOLAT ?
BEN CHOCOLAT ALORS, SI LE THÉ EMPÊCHE D'ASSIMILER LE FER...
N'IMPORTE QUOI. OÙ EST-CE QUE VOUS AVEZ ÉTÉ CHERCHER ÇA ?
DE LA CONFITURE DE CERISE...
C'EST PAS TRÈS TENTANT, QUAND ON VIENT D'ACCOUCHER...
CONFITURE JEUNE MAMAN AVEC CAILLOTS DEDANS
BONJOUR!
VOUS AVEZ PRIS VOTRE TEMPÉRATURE? AH, LES DERNIÈRES TÉTÉES NE SONT PAS INDIQUÉES...
C'EST QUE...
JE CROIS QUE J'AI FAIT LA PIRE CHOSE QUAND ON MET AU MONDE UN ENFANT...
JE SUIS VENUE À LA MATERNITÉ SANS MONTRE.
ON NE VOUS A PAS DIT DE NOTER LES TÉTÉES ET LES CHANGES? ON NE VOUS A PAS DONNÉ LA FEUILLE?
NON, ON NE M'A PAS DIT.
ENVISAGEONS UNE GROSSE HORLOGE FACE AU LIT, AVEC 3 BOUTONS: BLANC POUR LA TÉTÉE, JAUNE SI PIPI, MARRON SI CACA
UNE TÉLÉCOMMANDE SERAIT UN PLUS.
LES DONNÉES NUMÉRIQUES POURRAIENT ÊTRE CENTRALISÉES À DES FINS STATISTIQUES, ET UN SIMPLE BOÎTIER WIFI VOUS PERMETTRAIT EN OUTRE DE CONSULTER TOUT ÇA DEPUIS LE COULOIR.
...
JE SUGGÈRE AUSSI UN BOUTON GRIS POUR LES COUPS DE MOU.
OOUIIIIIIN

JE VAIS DEMANDER DE L'AIDE POUR LA MISE AU SEIN. LA SAGE-FEMME DE GARDE M'A DIT DE NE PAS HÉSITER.
CLIC
OUIIIN
C'EST POUR QUOI ?
NON, EUH, RIEN, EXCUSEZ-MOI.
ÇA TE FAIT MAL ?
JE VAIS CHERCHER QUELQU'UN.
SI ÇA FAIT MAL, C'EST LA POSITION. C'EST FORCÉMENT LA POSITION.
VOUS ÊTES BIEN SÛRE QU'IL A PRIS TOUTE L'ARÉOLE ?
JE VAIS ALLER CHERCHER LE CORPOMED®
C'EST TRÈS BIEN D'AVOIR UN BÉBÉ QUI TÈTE AUTANT. IL Y EN A QUI NE VEULENT PAS.
BON, LÀ, VOUS N'AVEZ PAS ENCORE DE LAIT ALORS IL N'EST PAS RASSASIÉ, C'EST SÛR.
IL A ENCORE VOMI.
C'EST NORMAL, LE PREMIER JOUR, CE SONT DES GLAIRES
ÉLOIGNEZ-VOUS DE LUI, IL VOUS SENT, ÇA LUI DONNE FAIM.
OUIIIN
FAIS DODUM T'AURAS DU COLOSTRUM, FAIS DODAIRE T'AURAS DES GLAIRES
J'AI L'IMPRESSION D'ÊTRE UN GARDE-MANGER.
UNE SORTE DE FRIGO VIDE.
LE LAIT VIENDRA À N+2 OU N+3
SACHANT QUE N=?
POUR RETIRER DOUCEMENT LE MAMELON EN FIN DE TÉTÉE, VOUS POUVEZ GLISSER VOTRE PETIT DOIGT DANS SA BOUCHE.

OUI, MAINTENANT IL DORT. MMM, C'EST QUE JE N'AI PAS ENCORE DE LAIT, MMM. SI SI C'EST NORMAL.
OUI, IL EST LÀ MMM, MMM.
MMM.
Z
... MAIS JE CROIS BIEN QU'IL FAUT SE MÉFIER DAVANTAGE DES HOMMES QUI VEULENT BEAUCOUP D'ENFANTS QUE DES HOMMES QUI NE VEULENT PAS EN ENTENDRE PARLER.
Z
C'ÉTAIT TA MÈRE ? ELLE T'A DONNÉ DES CONSEILS ?
OUI, BAH, LA TIENNE AUSSI...
Z
AH? ET ELLE T'A DIT QUOI, MA MÈRE ?
RIEN RIEN...
MON PÈRE VA T'ENVOYER DES FLEURS, IL PARAÎT.
HIC
RAAH, POURQUOI ON PARLE DE ÇA ?
MAIS C'EST TOI QUI EN AS PARLÉ !
GN
FAUT PAS QU'ON S'ÉNERVE, ÇA VA ALLER, ÇA VA ALLER... ON N'A PAS UN GOSSE, ON A UNE SANGSUE, MAIS ÇA VA ALLER...
AÏE
SLURP
SI VOUS N'AVEZ PAS TROP DE VISITES, QUE VOUS ÊTES JUSTE TOUS LES TROIS, C'EST TRÈS BIEN. LE LAIT VIENDRA PLUS FACILEMENT.
VOUS POUVEZ AUSSI APPELER UNE COPINE QUI A ALLAITÉ, ELLE VOUS ENCOURAGERA, ELLE VOUS AIDERA PEUT-ÊTRE...
MAIS, EUH, PLUTÔT PAS MAMAN.... HEIN, PLUTÔT UNE COPINE.

Z
UN TRIPLE THÉ SANS CONFITURE S'IL VOUS PLAÎT.
GH
LA TOILETTE DE BÉBÉ ! ON VOUS MONTRE AUJOURD'HUI ET C'EST VOUS QUI LE FEREZ DEMAIN !
AH, EST-CE QUE VOUS POURRIEZ REPASSER DANS UNE HEURE ? PARCE QUE C'EST PLUTÔT LE PAPA QUI VA S'OCCUPER DE ÇA. IL SERA LÀ VERS HUIT HEURES.
HK
MAIS ? ET VOUS ALORS ? VOUS NE SAUREZ PAS...
MOI JE L'AI PORTÉ, JE L'AI ACCOUCHÉ, JE L'ALLAITE.
ON... PARTAGE LES TÂCHES...
KHH
KH
S'IL YA BESOIN, IL M'EXPLIQUERA COMMENT FAIRE.
BON BON.
HK
J'AI FICHU UN SOUK EN DEMANDANT QU'ON TE MONTRE LE BAIN !.. ELLES N'AVAIENT JAMAIS ENTENDU UN TRUC PAREIL !
TIENS, J'PRENDRAIS BIEN UNE DOUCHE... MAIS JE NE SUIS PAS ENCORE ASSEZ SOLIDE SUR MES JAMBES POUR ÇA.
OH ET PUIS J'AI FAIM !
C'EST UNE HONTE ! MAMIE NOVA FABRIQUE DES HORREURS SPÉCIALES POUR LES HÔPITAUX, LES "NOVLY" QU'ILS APPELLENT ÇA. DU LAIT GÉLIFIÉ IMMONDE... Y A AUSSI UN DESSERT STYLE RIZ AU LAIT. MAIS DEDANS C'EST TOUT GÉLATINEUX, SANS RIZ, SANS SUCRE, SANS GOÛÔÛÔÛT
TU VOUDRAS BIEN M'APPORTER DES BONS YAOURTS, DIS ?

JE VOUS LAISSE, JE VAIS VOIR MA VOISINE. IL PARAÎT QUE C'EST SYLVIE, QUI ÉTAIT À LA PRÉPARATION AVEC MOI.
PSCHH
SA-LUT!
TOC TOC
OUAH T'AS L'AIR EN FORME!
ET L'ALLAITEMENT?
BEN AU DÉBUT DUR DUR, MAIS LA TROISIÈME NUIT LE LAIT EST MONTÉ ET DEPUIS, ÇA COULE AUX DEUX SEINS. QUAND JE DONNE L'UN, L'AUTRE PISSE UN VRAI JET! LA COQUILLE DÉBORDE SANS ARRÊT, JE M'EN METS PARTOUT, C'EST SUPER!
Z
OUAIS, IL ME TARDE.
TU VAS VOIR QUAND ÇA MONTE, C'EST QUELQUE CHOSE!
T'AS EU LA PÉRIDURALE?
OUI
MA SAGE-FEMME N'A PAS VOULU. ELLE A DIT QUE ÇA METTAIT VINGT MINUTES À AGIR, QUE ÇA NE SERVIRAIT À RIEN...
AH BON MAIS ÇA AGIT DE SUITE.
RAH! LA CHIENNE! J'EN ÉTAIS SÛRE!
ET CHANTAL, TU AS DES NOUVELLES?
PFF, MINABLE.
CÉSARIENNE ET BIBERONS... MADAME REÇOIT SES AMIS EN PEIGNOIR BRODÉ... MOI AVEC MON ÉPISIO, JE MARCHE COMME UN COW-BOY.
EH SINON T'AS VU COMME C'EST SALE?
Z
LE PAPIER PEINT, LES PLINTHES, LA DOUCHE... ET IL Y A DES TACHES MARRON AU PLAFOND, JE ME DEMANDE SI C'EST UNE MÈRE QUI A BALANCÉ DES COUCHES, DE RAGE... J'AI TROUVÉ PLEIN DE CHEVEUX DE LA FILLE D'AVANT.
J'AI VU DES POISSONS D'ARGENT SUR LE SOL ET DES ARAIGNÉES DANS LES COINS.
BON, CERTAINES MATERNITÉS N'ONT QU'UNE SEULE DOUCHE PAR ÉTAGE, ICI, C'EST QUAND MÊME MIEUX, ON A UNE SALLE DE BAIN UN PETIT FRIGO...
OUAIS, MAIS HIER, DES COPAINS SONT VENUS, ILS AVAIENT DE LA TERRE SUR LEURS CHAUSSURES. APRÈS LEUR DÉPART, JE DEMANDE UN BALAI... T'AURAIS VU COMMENT ELLES M'ONT REGARDÉE! IMPOSSIBLE. "C'EST UN TRAITEMENT SPÉCIAL QUE NOUS PASSONS SUR LE SOL" UN LINGE HUMIDE DÉGUEU OUI! ALORS J'AI BALAYÉ AVEC MES CHAUSSONS.
Z

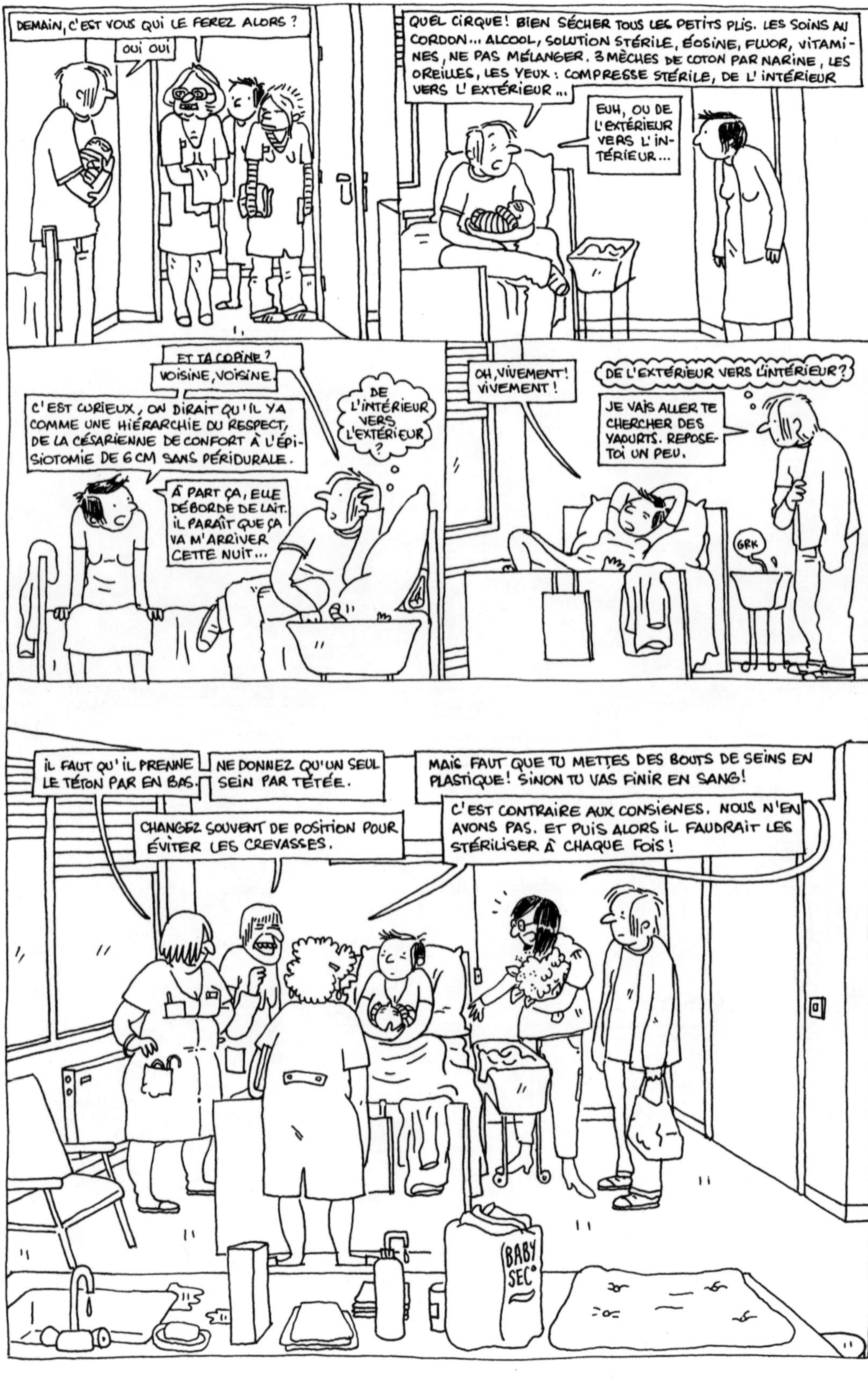
DEMAIN, C'EST VOUS QUI LE FEREZ ALORS ?
OUI OUI
QUEL CIRQUE ! BIEN SÉCHER TOUS LES PETITS PLIS. LES SOINS AU CORDON... ALCOOL, SOLUTION STÉRILE, ÉOSINE, FLUOR, VITAMINES, NE PAS MÉLANGER. 3 MÈCHES DE COTON PAR NARINE, LES OREILLES, LES YEUX : COMPRESSE STÉRILE, DE L'INTÉRIEUR VERS L'EXTÉRIEUR...
EUH, OU DE L'EXTÉRIEUR VERS L'INTÉRIEUR...
ET TA COPINE ?
VOISINE, VOISINE.
C'EST CURIEUX, ON DIRAIT QU'IL Y A COMME UNE HIÉRARCHIE DU RESPECT, DE LA CÉSARIENNE DE CONFORT À L'ÉPISIOTOMIE DE 6 CM SANS PÉRIDURALE.
DE L'INTÉRIEUR VERS L'EXTÉRIEUR ?
À PART ÇA, ELLE DÉBORDE DE LAIT. IL PARAÎT QUE ÇA VA M'ARRIVER CETTE NUIT...
OH, VIVEMENT ! VIVEMENT !
DE L'EXTÉRIEUR VERS L'INTÉRIEUR ?
JE VAIS ALLER TE CHERCHER DES YAOURTS. REPOSE-TOI UN PEU.
GRK
IL FAUT QU'IL PRENNE LE TÉTON PAR EN BAS.
NE DONNEZ QU'UN SEUL SEIN PAR TÉTÉE.
CHANGEZ SOUVENT DE POSITION POUR ÉVITER LES CREVASSES.
MAIS FAUT QUE TU METTES DES BOUTS DE SEINS EN PLASTIQUE ! SINON TU VAS FINIR EN SANG !
C'EST CONTRAIRE AUX CONSIGNES. NOUS N'EN AVONS PAS. ET PUIS ALORS IL FAUDRAIT LES STÉRILISER À CHAQUE FOIS !
BABY SEC

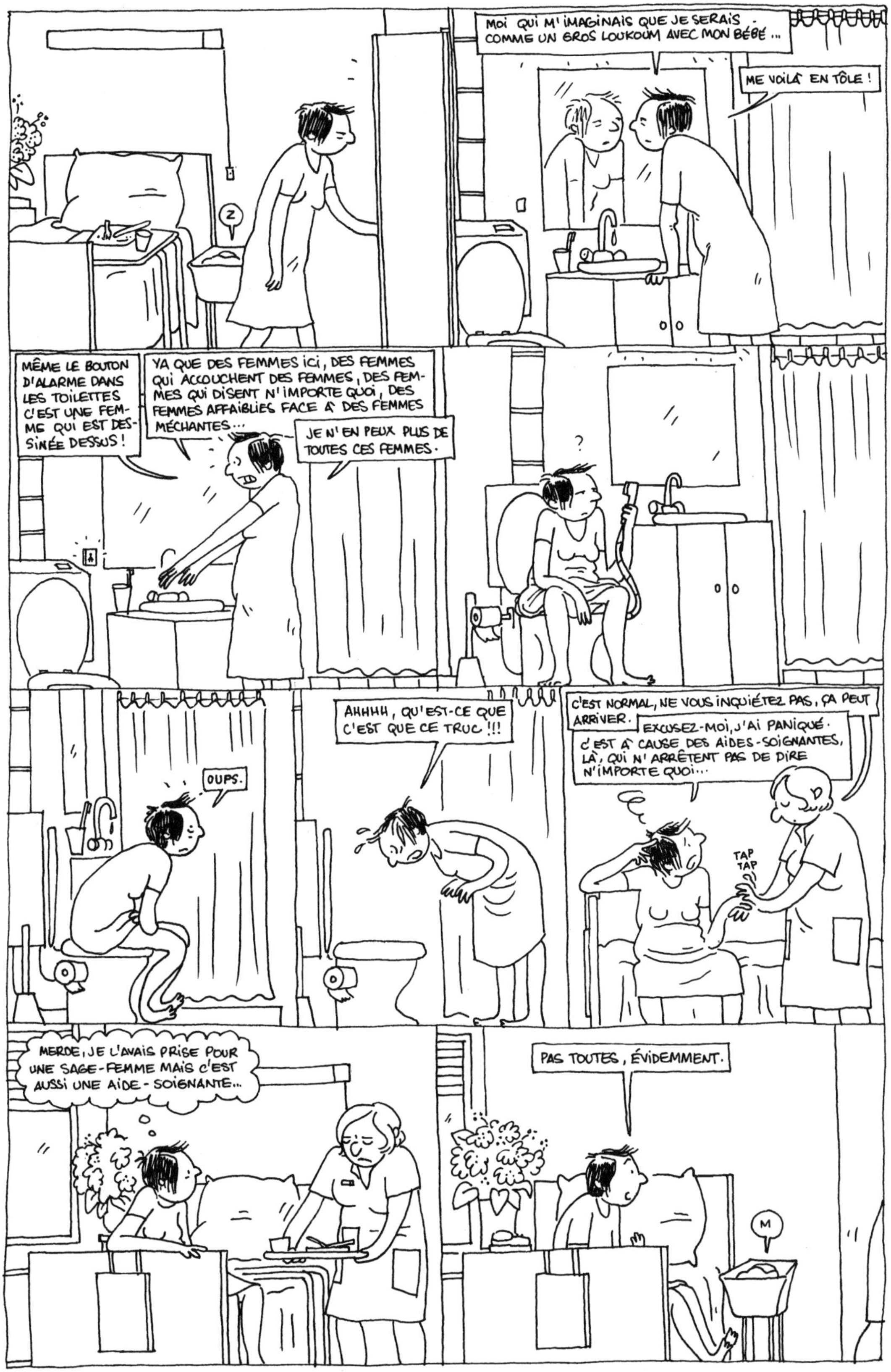
Z
MOI QUI M'IMAGINAIS QUE JE SERAIS COMME UN GROS LOUKOUM AVEC MON BÉBÉ ...
ME VOILÀ EN TÔLE !
MÊME LE BOUTON D'ALARME DANS LES TOILETTES C'EST UNE FEMME QUI EST DESSINÉE DESSUS !
YA QUE DES FEMMES ICI, DES FEMMES QUI ACCOUCHENT DES FEMMES, DES FEMMES QUI DISENT N'IMPORTE QUOI, DES FEMMES AFFAIBLIES FACE À DES FEMMES MÉCHANTES...
JE N'EN PEUX PLUS DE TOUTES CES FEMMES.
?
OUPS.
AHHHH, QU'EST-CE QUE C'EST QUE CE TRUC !!!
C'EST NORMAL, NE VOUS INQUIÉTEZ PAS, ÇA PEUT ARRIVER.
EXCUSEZ-MOI, J'AI PANIQUÉ. C'EST À CAUSE DES AIDES-SOIGNANTES, LÀ, QUI N'ARRÊTENT PAS DE DIRE N'IMPORTE QUOI...
TAP TAP
MERDE, JE L'AVAIS PRISE POUR UNE SAGE-FEMME MAIS C'EST AUSSI UNE AIDE-SOIGNANTE...
PAS TOUTES, ÉVIDEMMENT.
M

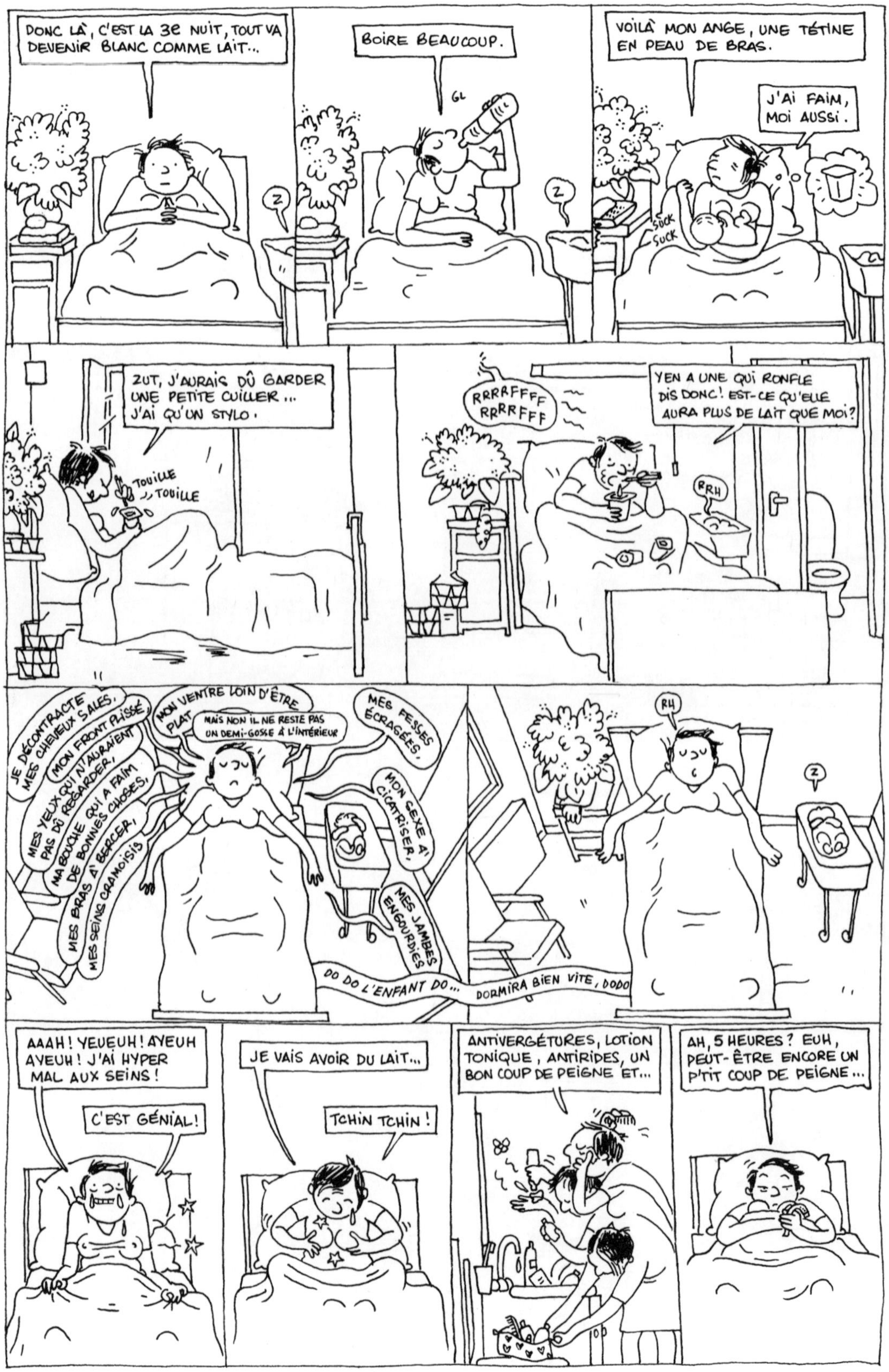
DONC LÀ, C'EST LA 3e NUIT, TOUT VA DEVENIR BLANC COMME LAIT...
BOIRE BEAUCOUP.
GL
VOILÀ MON ANGE, UNE TÉTINE EN PEAU DE BRAS.
J'AI FAIM, MOI AUSSI.
SUCK SUCK
ZUT, J'AURAIS DÛ GARDER UNE PETITE CUILLER... J'AI QU'UN STYLO.
TOUILLE TOUILLE
RRRRFFFF RRRRFFF
YEN A UNE QUI RONFLE DIS DONC! EST-CE QU'ELLE AURA PLUS DE LAIT QUE MOI?
RRH
JE DÉCONTRACTE MES CHEVEUX SALES,
MON FRONT PLISSÉ,
MES YEUX QUI N'AURAIENT PAS DÛ REGARDER,
MA BOUCHE QUI A FAIM DE BONNES CHOSES,
MES BRAS À BERCER,
MES SEINS CRAMOISIS
MON VENTRE LOIN D'ÊTRE PLAT
MAIS NON IL NE RESTE PAS UN DEMI-GOSSE À L'INTÉRIEUR
MES FESSES ÉCRASÉES,
MON SEXE À CICATRISER,
MES JAMBES ENGOURDIES
DO DO L'ENFANT DO... DORMIRA BIEN VITE, DODO
RH
AAAH! YEUEUH! AYEUH AYEUH! J'AI HYPER MAL AUX SEINS!
C'EST GÉNIAL!
JE VAIS AVOIR DU LAIT...
TCHIN TCHIN!
ANTIVERGÉTURES, LOTION TONIQUE, ANTIRIDES, UN BON COUP DE PEIGNE ET...
AH, 5 HEURES? EUH, PEUT-ÊTRE ENCORE UN P'TIT COUP DE PEIGNE...

BOIS BOIS BOIS MON BON LAIT
ÇA CHAUFFE LÀ-DEDANS, ÇA TURBINE !
ENCORE ?
BON, L'AUTRE SEIN ALORS.
OUIIIIN
ON PEUT GOÛTER ?
TIENS, J'ATTIRE LES MOUCHES MAINTENANT !
VOILÀ DONC OÙ ELLES PASSENT L'HIVER, LES RUSÉES !
IIN
L'HEURE DU BAIN !
VOUS DEVRIEZ ENLEVER VOTRE PULL MONSIEUR, VOUS ALLEZ VOIR, ÇA DONNE CHAUD !
RÉPANDU, TRÈS CONTAGIEUX... 30%... PRÉCAUTIONS SIMPLES...
SE LAVER SYSTÉMATIQUEMENT LES MAINS AVANT DE S'OCCUPER D'UN BÉBÉ... EUH, TOUT LE TEMPS, DONC. NE PAS EMBRASSER LES ENFANTS SUR LE VISAGE. AH ?
ET ON LES EMBRASSE OÙ ? SUR LES BRAS ? ÉVITER LES TRANSPORTS EN COMMUN !
LA BRONCHIOLITE
IIN
PORTEZ UN MASQUE SI VOUS ÊTES ENRHUMÉ ! GÉNIAL, IL COMMENCE À PEINE À TE VOIR ET TU PORTES UN MASQUE...
BOUTONNEZ DANS LA MAILLE.
VOUS VOULEZ DIRE QU'IL Y A DES BOUTONS MAIS PAS DE BOUTONNIÈRES ?
OUI, LA PLUPART DES BRASSIÈRES SONT COMME ÇA.
C'EST TRÈS TRÈS BIEN. VOUS VOUS EN ÊTES TRÈS BIEN SORTI.
GLUPS
ON POURRAIT ENVISAGER UNE MACHINE.
UN PEU COMME CELLE POUR DÉMAZOUTER LES OISEAUX, TU SAIS ?
UN LAVE-BÉBÉ ! MA FORTUNE EST FAITE !
FAUT QUE J'AILLE AU BOULOT. JE REPASSE EN FIN DE JOURNÉE. NE TE LAISSE PAS EMMERDER, HEIN !
ÇA VA ALLER. JE CROIS QUE LES PIRES FONT PLUTÔT LA NUIT...
Z

À MOINS QU'ELLES NE DEVIENNENT PIRES LA NUIT.
Z
Z
MON SAUVEUR !
PARDON ?
JE SUIS LE CHEF DE SERVICE GYNÉCOLOGUE.
EXCUSEZ-MOI, C'EST QUE TOUTES CES FEMMES, DEPUIS DES JOURS, CES FEMMES QUI ENTRENT ET SORTENT SANS CESSE, CES CHANGEMENTS D'ÉQUIPES DE FEMMES... PUIS SOUDAIN, CALMEMENT, UN IMMENSE HOMME NOIR ! VOUS NE POUVEZ PAS SAVOIR LE BIEN QUE ÇA FAIT !
AH AH AH !
COMBIEN D'ENFANTS AVEZ-VOUS ?
SI J'AI... COMBIEN...
ZÉRO ? UN ? 1/2 ?
C'EST... LE PREMIER.
Z
QUAND EST-CE QUE JE POURRAI PARTIR ?
DÈS QUE L'ENFANT VA REPRENDRE DU POIDS... ON PEUT PLANIFIER LA VISITE DU PÉDIATRE APRÈS-DEMAIN SI ÇA VOUS VA ?
PROUT
SUPER.
D'AUTRE PART, EUH, C'EST EUH,
NON, MAIS EUH...
C'EST AU SUJET DU PLACENTA, JE... JE CROIS QUE JE N'AURAIS PAS DÛ REGARDER...
VOUS AVEZ EU UNE DÉLIVRANCE ARTIFICIELLE, MAIS CE N'ÉTAIT PAS À VOUS D'EXAMINER LE PLACENTA. ON AURAIT DÛ FAIRE ATTENTION.
Z
NOUS NE SOMMES PAS BEAUCOUP PLUS QUE DE LA VIANDE, N'EST-CE PAS ?
SANS DOUTE.
HIK
MAIS NOUS SOMMES TELLEMENT PLUS.
OUBLIEZ ÇA ET REPOSEZ VOUS !
C'EST UN ORDRE !

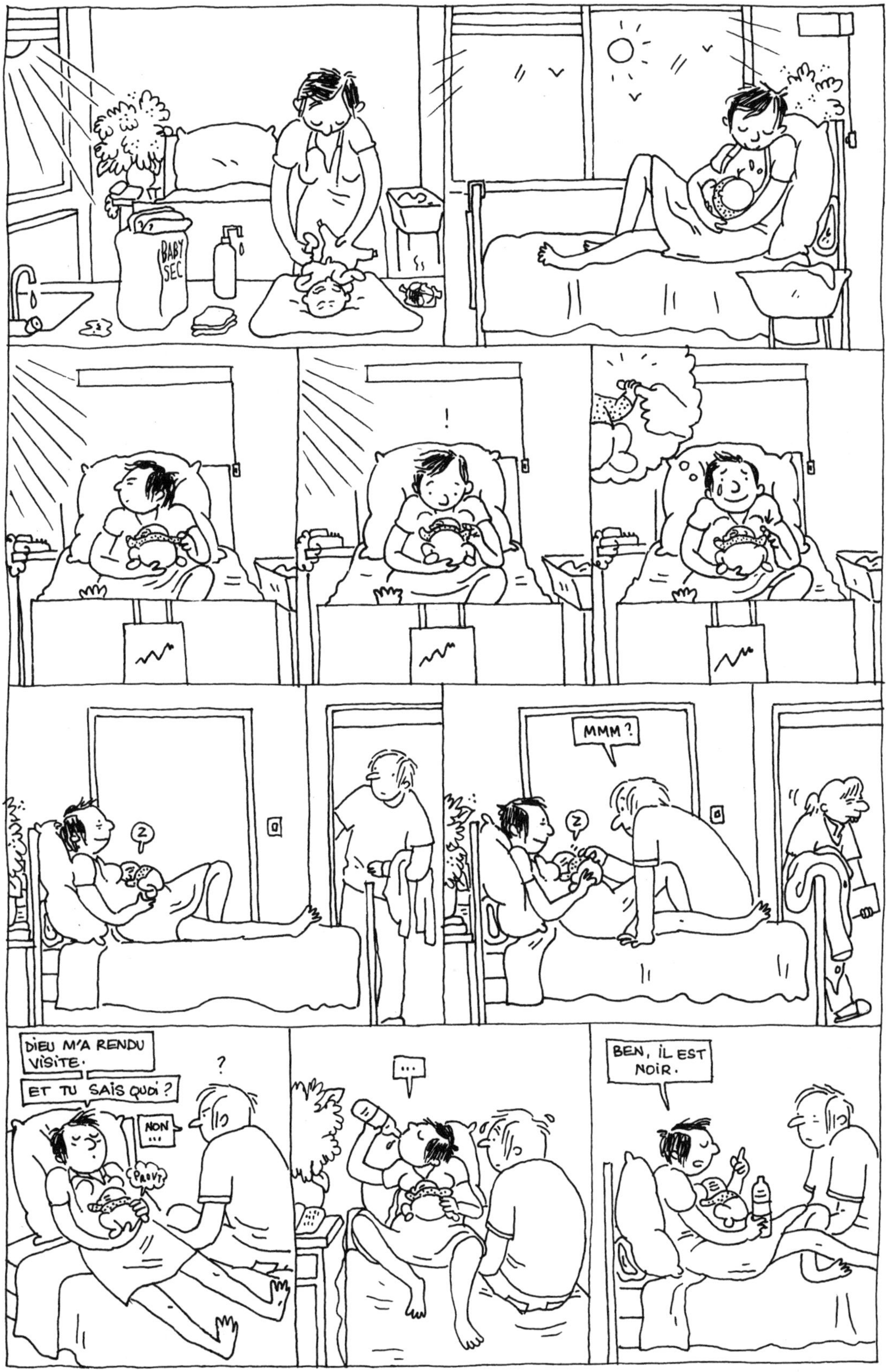
BABY SEC
MMM ?
DIEU M'A RENDU VISITE.
ET TU SAIS QUOI ?
NON ...
PROUT
...
BEN, IL EST NOIR.

JERÔME, AU BOULOT, IL DIT : "FAUT COMPTER DANS LES 2 ANS DE CACA MAIS APRÈS ÇA VA."
À QUELLE HEURE ?
IL Y A 48 MINUTES.
COMBIEN DE TEMPS ?
26 MINUTES 30.
ÇA NE SERT À RIEN DE DONNER SI LONGTEMPS. LE MEILLEUR LAIT SORT EN DÉBUT DE TÉTÉE. VOUS VOUS USEZ LES SEINS POUR RIEN.
ATTENTION, AUJOURD'HUI VOTRE BÉBÉ DOIT COMMENCER À REPRENDRE DU POIDS.
SI DEMAIN IL N'A PAS REPRIS DE POIDS...
... VOUS NE POURREZ PAS SORTIR SAMEDI, HEIN !
BONJOUR
LES SOINS.
SI MONSIEUR VEUT BIEN NOUS LAISSER QUELQUES INSTANTS.
UNE PINCE À NEZ, OUI... C'EST UTILISÉ EN NATATION SYNCHRONISÉE, JE CROIS.
QUOI !
C'EST LA SAGE-FEMME D'HIER QUI M'A DIT ÇA, J'VOUS JURE.
DE VOUS LAVER AVEC LE JET FROID DES WC ?
MAIS C'EST POUR NETTOYER LES BASSINS !
CE SONT DES JEUNES, QUI N'ONT JAMAIS ACCOUCHÉ, FAUT PAS LEUR EN VOULOIR BIEN SÛR.
MAIS QUAND MÊME ! QUELLE IDÉE !
IL SEMBLERAIT QU'IL Y AIT UNE GUERRE INTERNE ENTRE SAGES-FEMMES-MÈRES ET SAGES-FEMMES-FILLES.
ÇA SE COMPLIQUE.
IL A ENCORE FAIM ?
PEUT-ÊTRE QU'IL PLEURE POUR AUTRE CHOSE ?
AUTRE CHOSE ?

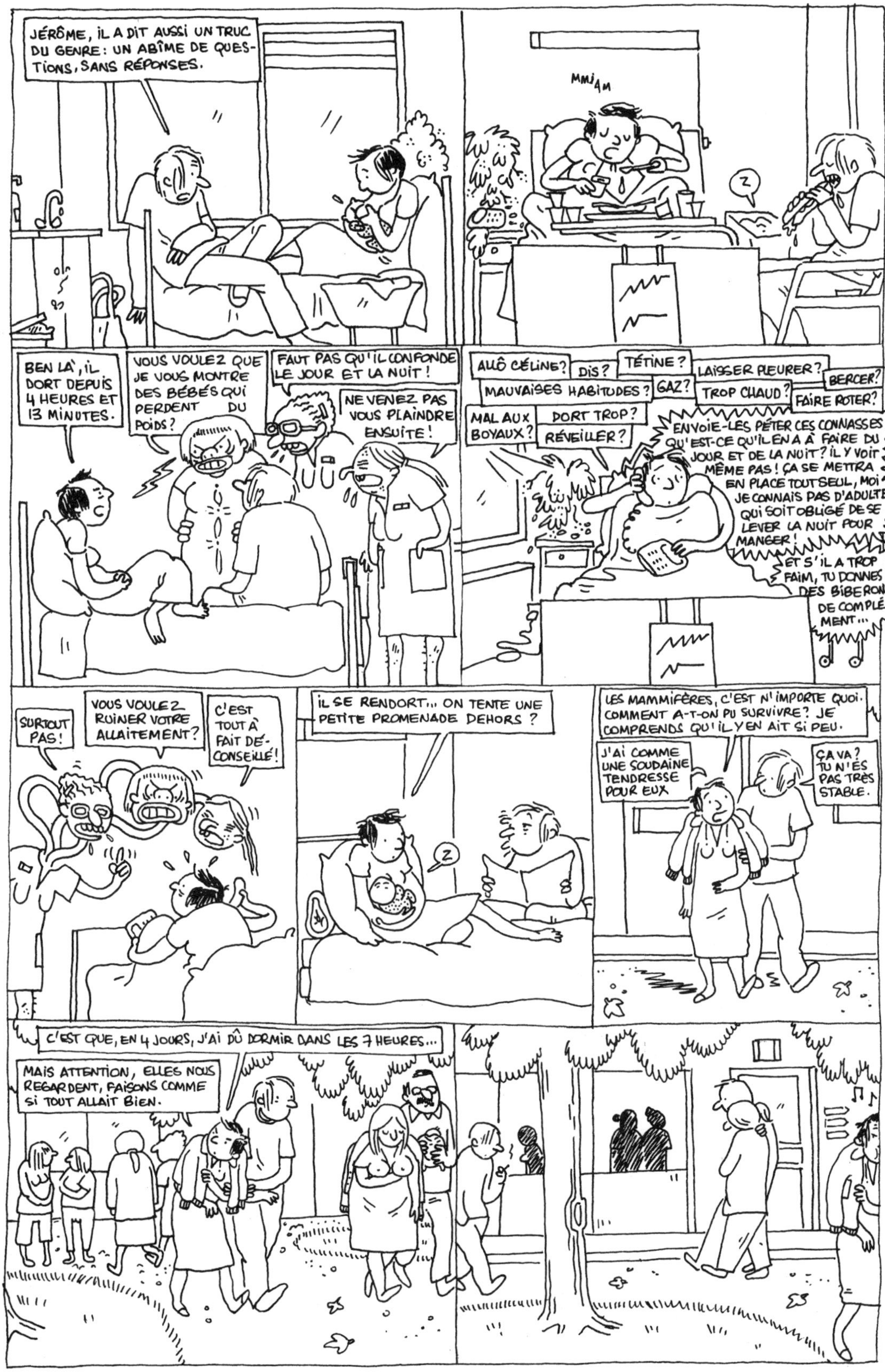
JÉRÔME, IL A DIT AUSSI UN TRUC DU GENRE : UN ABÎME DE QUESTIONS, SANS RÉPONSES.
MMIAM
Z
BEN LÀ, IL DORT DEPUIS 4 HEURES ET 13 MINUTES.
VOUS VOULEZ QUE JE VOUS MONTRE DES BÉBÉS QUI PERDENT DU POIDS ?
FAUT PAS QU'IL CONFONDE LE JOUR ET LA NUIT !
NE VENEZ PAS VOUS PLAINDRE ENSUITE !
ALLÔ CÉLINE ?
DIS ?
TÉTINE ?
LAISSER PLEURER ?
BERCER ?
MAUVAISES HABITUDES ?
GAZ ?
TROP CHAUD ?
FAIRE ROTER ?
MAL AUX BOYAUX ?
DORT TROP ?
RÉVEILLER ?
ENVOIE-LES PÉTER CES CONNASSES ! QU'EST-CE QU'IL EN A À FAIRE DU JOUR ET DE LA NUIT ? IL Y VOIT MÊME PAS ! ÇA SE METTRA EN PLACE TOUT SEUL, MOI JE CONNAIS PAS D'ADULTE QUI SOIT OBLIGÉ DE SE LEVER LA NUIT POUR MANGER !
ET S'IL A TROP FAIM, TU DONNES DES BIBERONS DE COMPLÉMENT...
SURTOUT PAS !
VOUS VOULEZ RUINER VOTRE ALLAITEMENT ?
C'EST TOUT À FAIT DÉCONSEILLÉ !
IL SE RENDORT... ON TENTE UNE PETITE PROMENADE DEHORS ?
Z
LES MAMMIFÈRES, C'EST N'IMPORTE QUOI. COMMENT A-T-ON PU SURVIVRE ? JE COMPRENDS QU'IL Y EN AIT SI PEU.
J'AI COMME UNE SOUDAINE TENDRESSE POUR EUX
ÇA VA ? TU N'ES PAS TRÈS STABLE.
C'EST QUE, EN 4 JOURS, J'AI DÛ DORMIR DANS LES 7 HEURES...
MAIS ATTENTION, ELLES NOUS REGARDENT, FAISONS COMME SI TOUT ALLAIT BIEN.

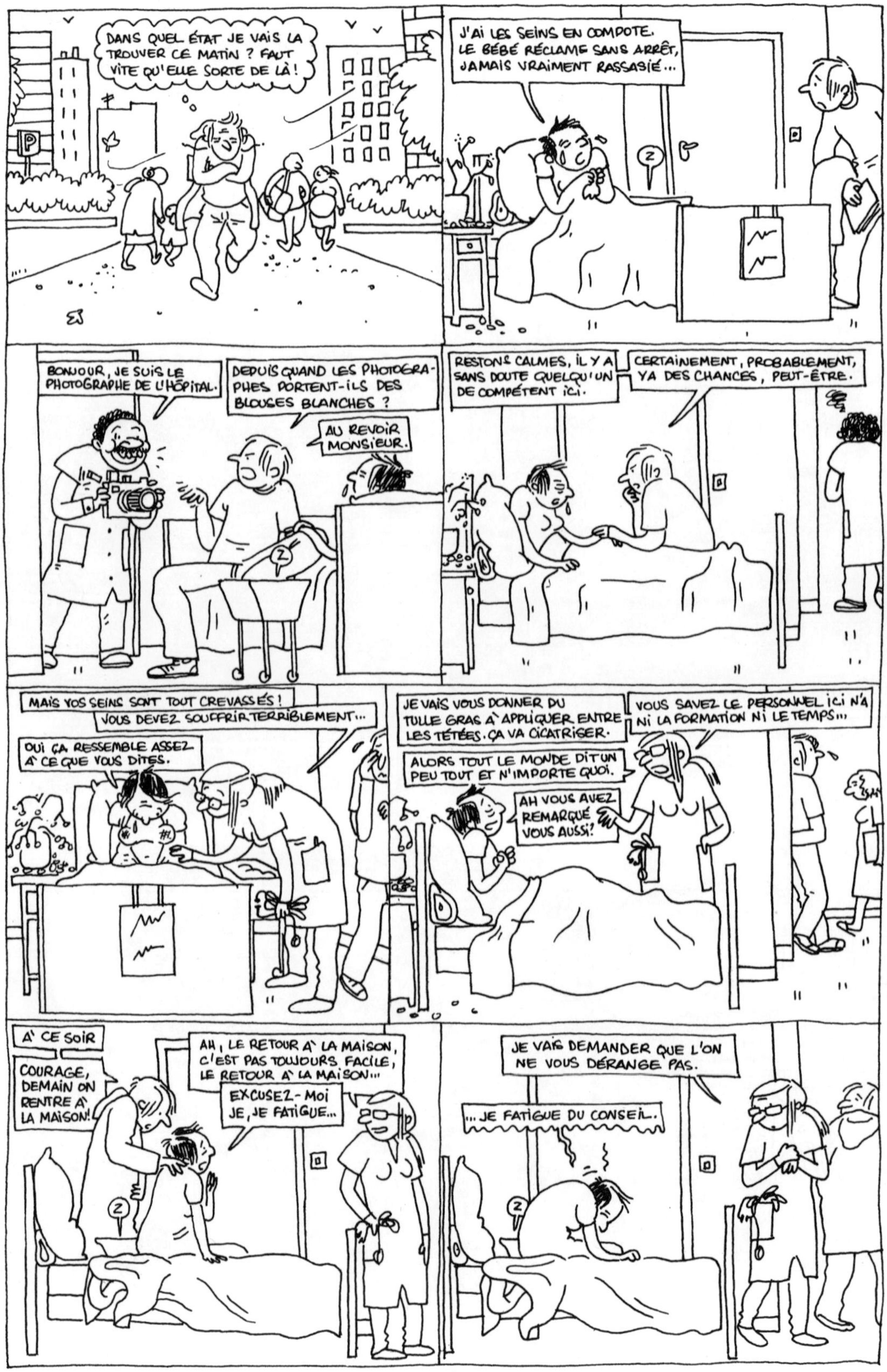
DANS QUEL ÉTAT JE VAIS LA TROUVER CE MATIN ? FAUT VITE QU'ELLE SORTE DE LÀ !
J'AI LES SEINS EN COMPOTE. LE BÉBÉ RÉCLAME SANS ARRÊT, JAMAIS VRAIMENT RASSASIÉ...
BONJOUR, JE SUIS LE PHOTOGRAPHE DE L'HÔPITAL.
DEPUIS QUAND LES PHOTOGRAPHES PORTENT-ILS DES BLOUSES BLANCHES ?
AU REVOIR MONSIEUR.
RESTONS CALMES, IL Y A SANS DOUTE QUELQU'UN DE COMPÉTENT ICI.
CERTAINEMENT, PROBABLEMENT, YA DES CHANCES, PEUT-ÊTRE.
MAIS VOS SEINS SONT TOUT CREVASSÉS !
VOUS DEVEZ SOUFFRIR TERRIBLEMENT...
OUI ÇA RESSEMBLE ASSEZ À CE QUE VOUS DITES.
JE VAIS VOUS DONNER DU TULLE GRAS À APPLIQUER ENTRE LES TÉTÉES. ÇA VA CICATRISER.
VOUS SAVEZ LE PERSONNEL ICI N'A NI LA FORMATION NI LE TEMPS...
ALORS TOUT LE MONDE DIT UN PEU TOUT ET N'IMPORTE QUOI.
AH VOUS AVEZ REMARQUÉ VOUS AUSSI ?
À CE SOIR
COURAGE, DEMAIN ON RENTRE À LA MAISON !
AH, LE RETOUR À LA MAISON, C'EST PAS TOUJOURS FACILE, LE RETOUR À LA MAISON...
EXCUSEZ-MOI JE, JE FATIGUE...
JE VAIS DEMANDER QUE L'ON NE VOUS DÉRANGE PAS.
...JE FATIGUE DU CONSEIL.

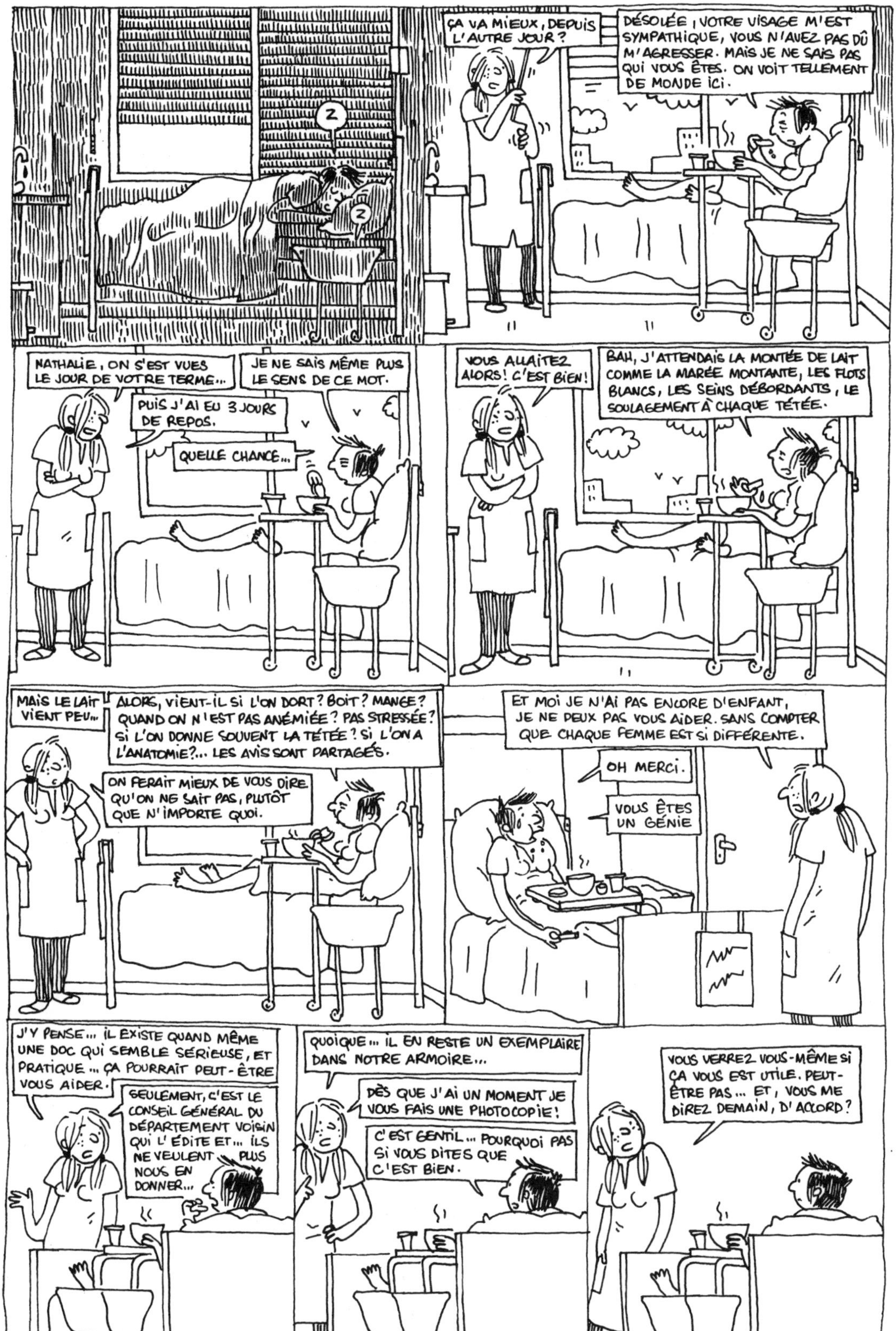
ÇA VA MIEUX, DEPUIS L'AUTRE JOUR ?
DÉSOLÉE, VOTRE VISAGE M'EST SYMPATHIQUE, VOUS N'AVEZ PAS DÛ M'AGRESSER. MAIS JE NE SAIS PAS QUI VOUS ÊTES. ON VOIT TELLEMENT DE MONDE ICI.
NATHALIE, ON S'EST VUES LE JOUR DE VOTRE TERME...
JE NE SAIS MÊME PLUS LE SENS DE CE MOT.
PUIS J'AI EU 3 JOURS DE REPOS.
QUELLE CHANCE...
VOUS ALLAITEZ ALORS ! C'EST BIEN !
BAH, J'ATTENDAIS LA MONTÉE DE LAIT COMME LA MARÉE MONTANTE, LES FLOTS BLANCS, LES SEINS DÉBORDANTS, LE SOULAGEMENT À CHAQUE TÉTÉE.
MAIS LE LAIT VIENT PEU...
ALORS, VIENT-IL SI L'ON DORT ? BOIT ? MANGE ? QUAND ON N'EST PAS ANÉMIÉE ? PAS STRESSÉE ? SI L'ON DONNE SOUVENT LA TÉTÉE ? SI L'ON A L'ANATOMIE ?... LES AVIS SONT PARTAGÉS.
ON FERAIT MIEUX DE VOUS DIRE QU'ON NE SAIT PAS, PLUTÔT QUE N'IMPORTE QUOI.
ET MOI JE N'AI PAS ENCORE D'ENFANT, JE NE PEUX PAS VOUS AIDER. SANS COMPTER QUE CHAQUE FEMME EST SI DIFFÉRENTE.
OH MERCI.
VOUS ÊTES UN GÉNIE
J'Y PENSE... IL EXISTE QUAND MÊME UNE DOC QUI SEMBLE SÉRIEUSE, ET PRATIQUE... ÇA POURRAIT PEUT-ÊTRE VOUS AIDER.
SEULEMENT, C'EST LE CONSEIL GÉNÉRAL DU DÉPARTEMENT VOISIN QUI L'ÉDITE ET... ILS NE VEULENT PLUS NOUS EN DONNER...
QUOIQUE... IL EN RESTE UN EXEMPLAIRE DANS NOTRE ARMOIRE...
DÈS QUE J'AI UN MOMENT JE VOUS FAIS UNE PHOTOCOPIE !
C'EST GENTIL... POURQUOI PAS SI VOUS DITES QUE C'EST BIEN.
VOUS VERREZ VOUS-MÊME SI ÇA VOUS EST UTILE. PEUT-ÊTRE PAS... ET, VOUS ME DIREZ DEMAIN, D'ACCORD ?

AH OUAIS, C'EST SUPER BIEN EXPLIQUÉ! EN DÉTAIL, SANS RIEN ENJOLIVER...
YA TOUS MES SOUCIS ET PIS D'AUTRES QUE JE CONNAÎTRAI PT'ÊT PAS... DES DESSINS DES PHOTOS, DES SCHÉMAS... PICS DE PROLACTINE, MMM... AH D'ACCORD... PRÉ-LAIT, TEMPS DE FABRICATION, FLUX D'ÉJECTION.
Z
ON COMPREND TOUT LÀ-DEDANS REGARDE!
OUI, ET ILS DISENT: "CALME ET REPOS".
Z
AH AH AH AH AH
Z
EH! Y A LES CYCLES DE SOMMEIL D'UN ENFANT ET D'UN ADULTE COMPARÉS... T'AS VU?
FILE, FILE.
Z
MASSAGE DES SEINS.
FAIS VOIR
Z
ON FAIT UNE PROMOTION DE L'ALLAITEMENT COMPLÈTEMENT IDIOTE!
MÊME LES VACHES, ON S'OCCUPE MIEUX DE LEURS MAMELLES: GRAISSE À TRAIRE ET COMPAGNIE!
VOILÀ COMMENT ON FABRIQUE DE L'ÉCHEC! DES FEMMES QUI N'ONT RIEN DEMANDÉ! ON LEUR DIT QU'ELLES PEUVENT "ÉVIDEMMENT" ET "FACILEMENT" ALLAITER, ELLES SE LAISSENT TENTER, N'Y ARRIVENT PAS ET SE SENTENT COUPABLES.
Z
POURQUOI NE PAS INCITER À "ESSAYER", "TENTER L'EXPÉRIENCE"! QU'EST-CE QU'ON EN SAIT RÉELLEMENT QUE LES FEMMES PEUVENT TOUTES ALLAITER? Y A PAS DES MYOPES ET DES SOURDS? L'ESPÈCE N'AURAIT PAS SURVÉCU? ON EST CENSÉ ÊTRE INTELLIGENT ET SOCIAL: UNE CROMAGNON QUI N'AVAIT PAS ASSEZ DE LAIT METTAIT TOUT SIMPLEMENT SON BÉBÉ AU SEIN D'UNE QUI EN AVAIT TROP, NON? TANT QUE VOUS Y ÊTES "AUCUNE FEMME N'EST STÉRILE" AUSSI! ET LES VACHES, ENCORE ELLES, ON LES A BIEN SÉLECTIONNÉES POUR QU'ELLES SOIENT LAITIÈRES!
POURQUOI J'AI PAS EU DROIT À CETTE BONNE DOC BIEN PENSÉE?
PARCE QUE T'AS ACCOUCHÉ DANS UN DÉPARTEMENT DE GAUCHE QUI SE CONTENTE DU MINIMUM NATIONAL SUR LE SUJET.
Z
MAIS POUR-QUOI?
PARCE QUE L'ALLAITEMENT EST CONNOTÉ DE DROITE... MÈRE AU FOYER, TOUT ÇA...
Z
MAIS JE RÊVE!

MIEUX VAUDRAIT JUSTEMENT, IL EST TARD.
GROS DODO = GROS LOLO.
MAIS JE SUIS DE GAUCHE... POURQUOI LA GAUCHE NE VEUT-ELLE PAS M'AIDER A' ALLAITER?
Z
FAIS DODO, 'GOLINE MA P'TITE FEMME, FAIS DODO, T'AURAS DU...
Z
Z
Z
Z
SCHLP SCHLP
DITES DONC VOUS COMMENCEZ DE BONNE HEURE, VOUS!
UN PEU PLUS TÔT CHAQUE ANNÉE. JE SUIS LE SEUL PÉDIATRE DU SECTEUR ET J'AI 63 ANS. VOUS VOYEZ LE TABLEAU.
LE COEUR EST À 116. C'EST LENT.
AH, C'EST EMBÊTANT?
AU CONTRAIRE, C'EST UTILE POUR FAIRE DU SPORT!
UN ADULTE EST DANS LES 70. MAIS ÇA SE TRAVAILLE...
INDURAIN ÉTAIT À 28.

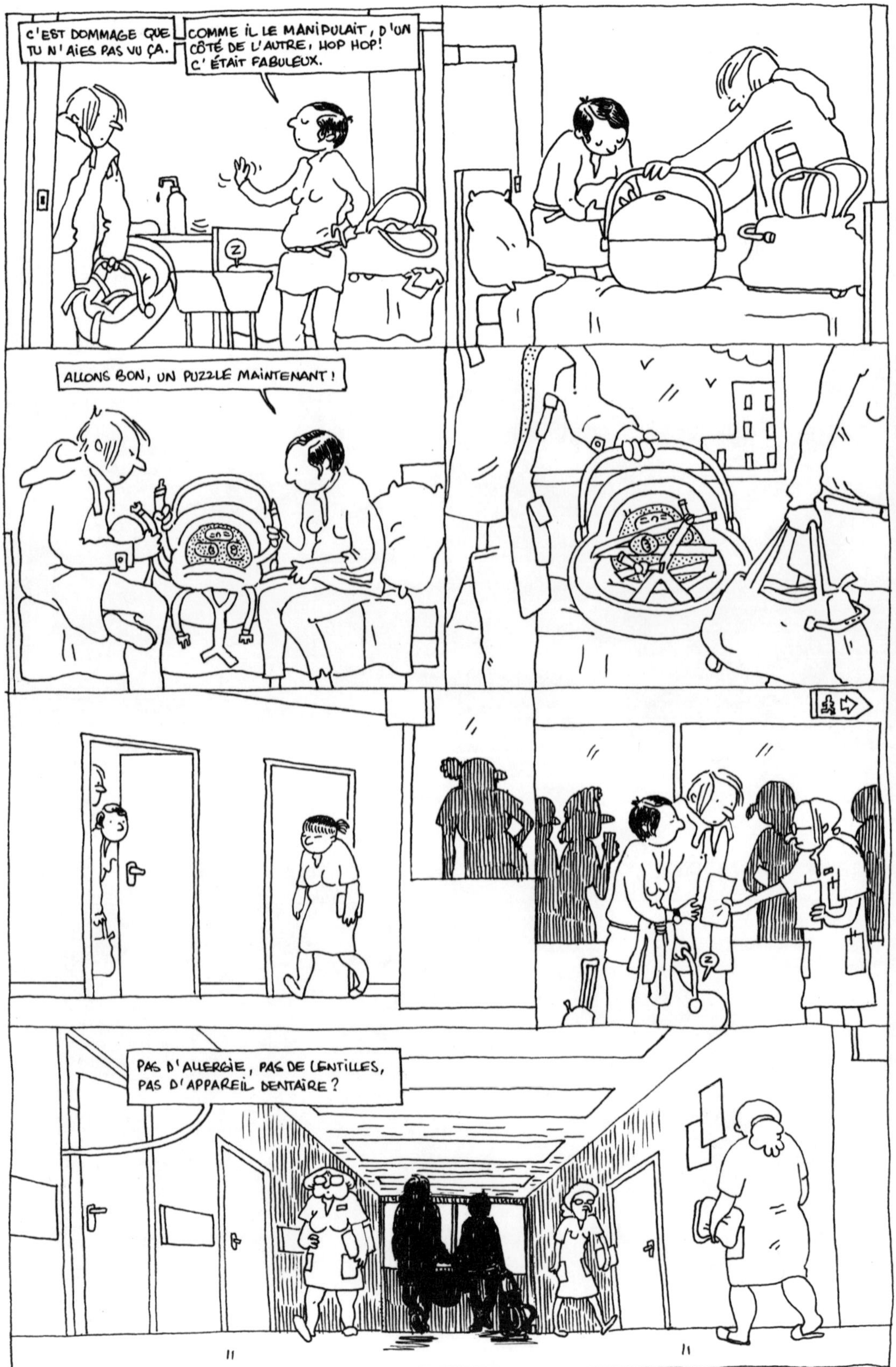

ANNE BARAOU & FANNY DALLE-RIVE. DÉCEMBRE 2006.

POURQUOI T'ES HOSTILE COMME ÇA ALORS ?
MAIS C'EST BON, JE SAIS BIEN QUE TU NE VAS PAS COUCHER AVEC PAUL.

JE TE VOIS DAVANTAGE, COMMENT DIRE, COMME UN PRINCIPE ENNEMI, NUISIBLE, INAMICAL. PLUTÔT QUE COMME UNE RIVALE PERSONNELLE.
DIABLE !

T'AS PAS NOTÉ QUE JE FOUTAIS PLUS LES PIEDS DANS VOS FÊTES DÉBILES PLEINES D'ÉCERVELÉES ?

BESTIASSES !
OUI BESTIASSES ! OU ALORS GREDINES ! PAS MAL AUSSI, GREDINES !

6
Isab Abus

ÉCOUTEZ, NOUS N'Y POUVONS RIEN. LE DOCTEUR BIRDOFF EST DÉCÉDÉ ET
JE SAIS BIEN MAIS IL VA FALLOIR QUE JE REPRENNE TOUT DU DÉBUT ! SIX ANS D'ANALYSE, VOUS VOUS RENDEZ COMPTE !
NOUS IRONS À VOTRE RYTHME.
AH LÀ LÀ MAIS DANS 3 ANS, ON N'EN SERA MÊME PAS À MON MARIAGE !
ON PEUT PRENDRE À REBOURS...
VOUS VIVEZ À REBOURS, VOUS ?
DE TOUTE FAÇON, J'AI PAS ENVIE DE TOUT REDIRE. ÇA VA ME FAIRE REVIVRE TOUTE LA GROSSE MERDE, LÀ.
SURTOUT, IL NE FAUDRAIT PAS QUE ÇA SE REPRODUISE.
MAIS DITES-MOI, VOUS... VOUS ÊTES EN BONNE SANTÉ, N'EST-CE PAS ?
MMH, BON, JE ME SUIS DIT QUE, DANS LE DÉSORDRE, CE SERAIT ENCORE LE PLUS LOGIQUE.
VOUS AVEZ CETTE IMPRESSION DE DÉSORDRE ?
OUAIS ! AYÉ ! C'EST REPARTI !

QU'EST-CE QUI VOUS A POUSSÉ À DÉBUTER UNE ANALYSE ?
J'ALLAIS AVOIR 40 ANS ET J'AI RECOMMENCÉ À FAIRE PIPI AU LIT.
NON JE DÉCONNE. EN FAIT, JE ME FAISAIS À LA CULOTTE. JE VEUX DIRE QUE J'AVAIS TELLEMENT PEUR...
PARDON ?
MAIS CE N'ÉTAIT PAS LES 40 ANS, C'ÉTAIT À CAUSE DE LA GROSSE MERDE...
AH OUI, EUH, DÉSOLÉE, C'EST COMME ÇA QUE J'APPELLE CETTE PÉRIODE AVEC MES AMIES.
ON VISITAIT UNE MAISON RIGOLOTE, VIEILLOTTE. ON AIMAIT BIEN ALLER VISITER DES MAISONS, SE RACONTER DES HISTOIRES D'AUTRES VIES POSSIBLES, EN BANLIEUE OU À LA CAMPAGNE.
CELLE-CI ÉTAIT PARFAITE. IL NE FALLAIT RIEN TOUCHER À RIEN. MES PARENTS ONT TOUT REFAIT DANS LEUR MAISON. JE NE M'Y RETROUVE PLUS.
LÀ, TOUT ÉTAIT INTACT. ON POUVAIT TRÈS FACILEMENT S'Y INVENTER DES SOUVENIRS.
ÇA VOUS PARAÎT BIZARRE, HEIN, QU'ON ENVISAGE DE SE FABRIQUER DES SOUVENIRS ?
ÇA DEVRAIT ?
VOUS ÊTES UN VRAI PRO.

LE SOUVENIR, LA VÉRITÉ, LA VÉRITÉ DES SOUVENIRS ET LE SOUVENIR TRANSFORMÉ DE QUELLE VÉRITÉ ? C'EST COMPLIQUÉ TOUT ÇA.
JE NE SAIS PAS POURQUOI J'AVAIS TELLEMENT ENVIE DE LUI PARLER DE CETTE MAISON ET PAS DU TOUT DE L'ÉVÉNEMENT DU MÊME JOUR QUI DÉCLENCHA LA GROSSE MERDE.
AH OUAIS, QUAND TU T'ES GOURRÉE DE PORTABLE ET QUE T'AS FAIT DÉFILER CETTE LISTE DE PRÉNOMS SUR CELUI DE PAUL.
IL FAUT QUE J'AILLE REVOIR CETTE MAISON.
POUAH, LES ACHETEURS ONT DÛ TOUT REFAIRE, TU SERAIS DÉGOÛTÉE...
LES PORTABLES SONT DES OBJETS HOSTILES, TÉLÉPHONES COMME ORDINATEURS. ILS SONT DAMNÉS. JE LES DÉTESTE.
JE ME DEMANDE QUELLE PART DE MARCHÉ REPRÉSENTE LE RACHAT DE PORTABLES ÉCRABOUILLÉS PAR LES MARIS JALOUX, LES MAÎTRESSES HYSTÉRIQUES, LES ÉPOUSES DÉLAISSÉES OU LES AMANTS POSSESSIFS.
JE N'AI JAMAIS ÉTÉ DÉLAISSÉE, ET TES AUTRES EXEMPLES, TU PEUX TE LES METTRE...
ÇA VA, JE GÉNÉRALISAIS, C'EST TOUT, T'ES PAS LA SEULE...
JE ME CONTREFOUS DES AUTRES !
LES CHOSES N'ARRIVAIENT PAS COMME ÇA AVANT CETTE TECHNOLOGIE. REGARDE LES JEUX VIDÉO, INTERNET, MON FILS NE FAIT QUE ÇA.
ON EST TOUT PLEINS DE PUCES.
DE MÉMOIRE MORTE, DE FICHIERS CACHÉS, DE MENUS QUI N'EN FINISSENT PLUS DE SE DÉROULER.
TU TIENS LA GRANDE FORME !

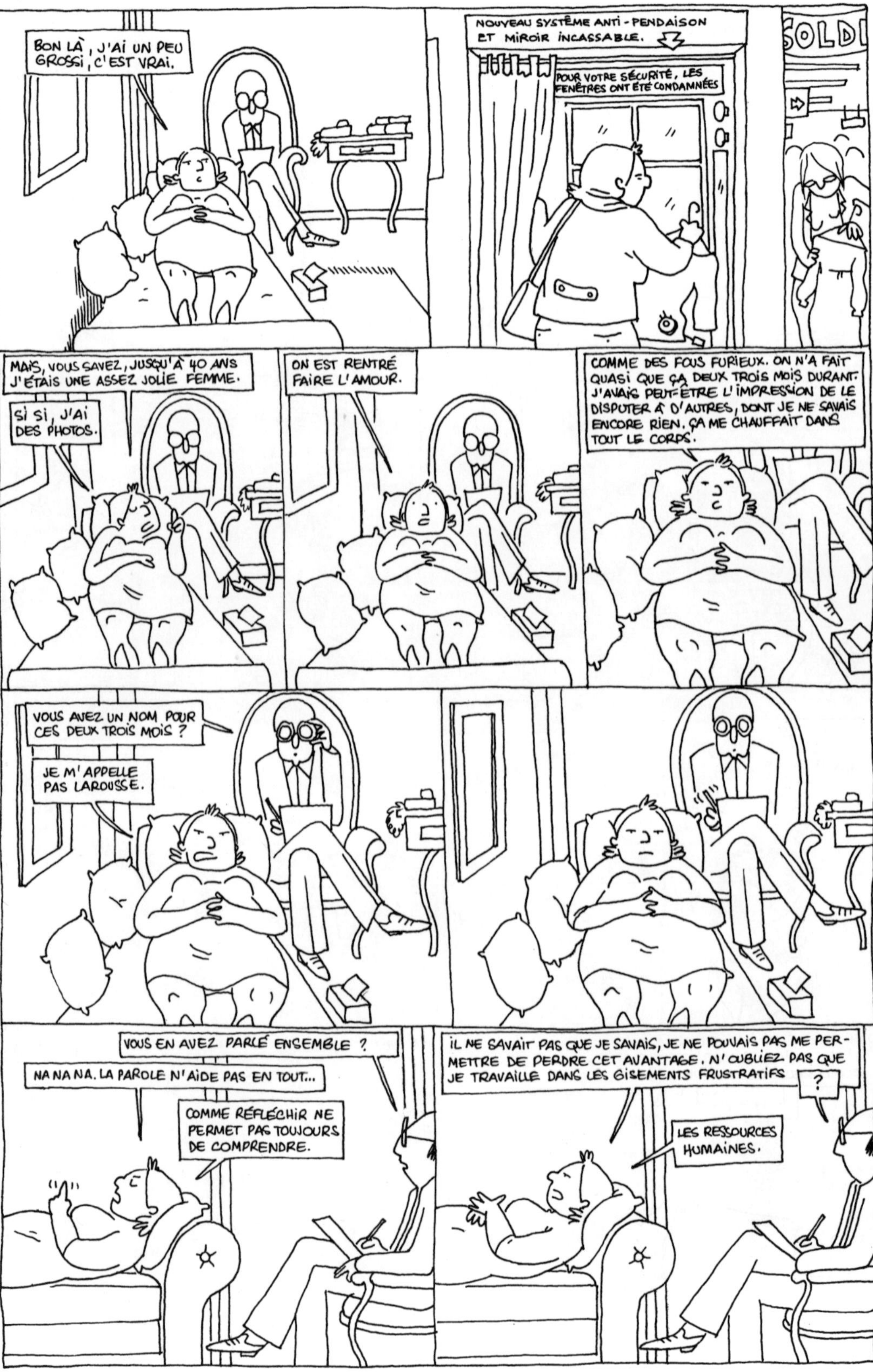
BON LÀ, J'AI UN PEU GROSSI, C'EST VRAI.
NOUVEAU SYSTÈME ANTI-PENDAISON ET MIROIR INCASSABLE.
POUR VOTRE SÉCURITÉ, LES FENÊTRES ONT ÉTÉ CONDAMNÉES
SOLD
MAIS, VOUS SAVEZ, JUSQU'À 40 ANS J'ÉTAIS UNE ASSEZ JOLIE FEMME.
SI SI, J'AI DES PHOTOS.
ON EST RENTRÉ FAIRE L'AMOUR.
COMME DES FOUS FURIEUX. ON N'A FAIT QUASI QUE ÇA DEUX TROIS MOIS DURANT. J'AVAIS PEUT-ÊTRE L'IMPRESSION DE LE DISPUTER À D'AUTRES, DONT JE NE SAVAIS ENCORE RIEN. ÇA ME CHAUFFAIT DANS TOUT LE CORPS.
VOUS AVEZ UN NOM POUR CES DEUX TROIS MOIS ?
JE M'APPELLE PAS LAROUSSE.
VOUS EN AVEZ PARLÉ ENSEMBLE ?
NA NA NA. LA PAROLE N'AIDE PAS EN TOUT...
COMME RÉFLÉCHIR NE PERMET PAS TOUJOURS DE COMPRENDRE.
IL NE SAVAIT PAS QUE JE SAVAIS, JE NE POUVAIS PAS ME PERMETTRE DE PERDRE CET AVANTAGE. N'OUBLIEZ PAS QUE JE TRAVAILLE DANS LES GISEMENTS FRUSTRATIFS
?
LES RESSOURCES HUMAINES.

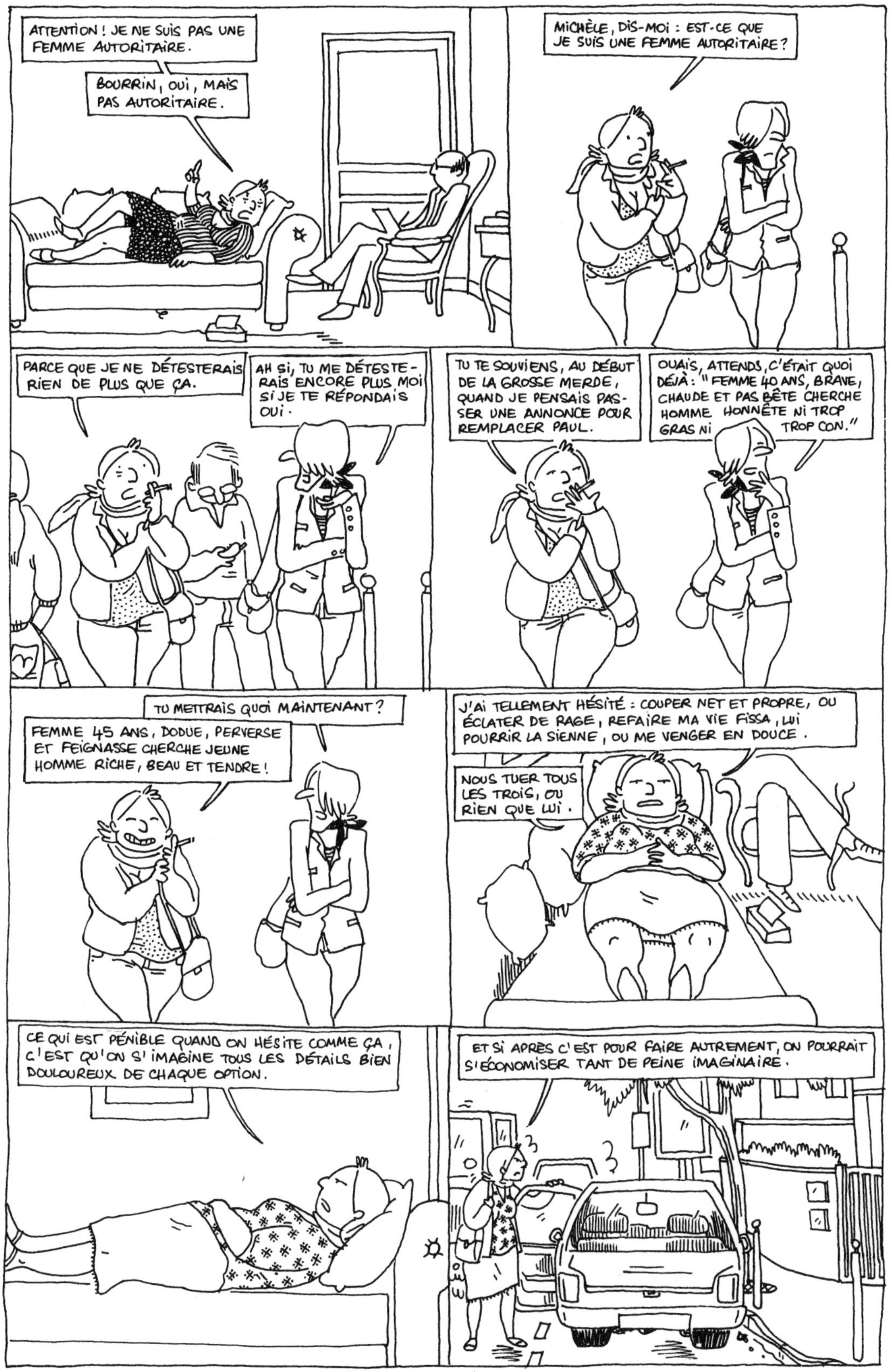
ATTENTION ! JE NE SUIS PAS UNE FEMME AUTORITAIRE.
BOURRIN, OUI, MAIS PAS AUTORITAIRE.
MICHÈLE, DIS-MOI : EST-CE QUE JE SUIS UNE FEMME AUTORITAIRE ?
PARCE QUE JE NE DÉTESTERAIS RIEN DE PLUS QUE ÇA.
AH SI, TU ME DÉTESTERAIS ENCORE PLUS MOI SI JE TE RÉPONDAIS OUI.
TU TE SOUVIENS, AU DÉBUT DE LA GROSSE MERDE, QUAND JE PENSAIS PASSER UNE ANNONCE POUR REMPLACER PAUL.
OUAIS, ATTENDS, C'ÉTAIT QUOI DÉJÀ : "FEMME 40 ANS, BRAVE, CHAUDE ET PAS BÊTE CHERCHE HOMME HONNÊTE NI TROP GRAS NI TROP CON."
TU METTRAIS QUOI MAINTENANT ?
FEMME 45 ANS, DODUE, PERVERSE ET FEIGNASSE CHERCHE JEUNE HOMME RICHE, BEAU ET TENDRE !
J'AI TELLEMENT HÉSITÉ : COUPER NET ET PROPRE, OU ÉCLATER DE RAGE, REFAIRE MA VIE FISSA, LUI POURRIR LA SIENNE, OU ME VENGER EN DOUCE.
NOUS TUER TOUS LES TROIS, OU RIEN QUE LUI.
CE QUI EST PÉNIBLE QUAND ON HÉSITE COMME ÇA, C'EST QU'ON S'IMAGINE TOUS LES DÉTAILS BIEN DOULOUREUX DE CHAQUE OPTION.
ET SI APRÈS C'EST POUR FAIRE AUTREMENT, ON POURRAIT S'ÉCONOMISER TANT DE PEINE IMAGINAIRE.

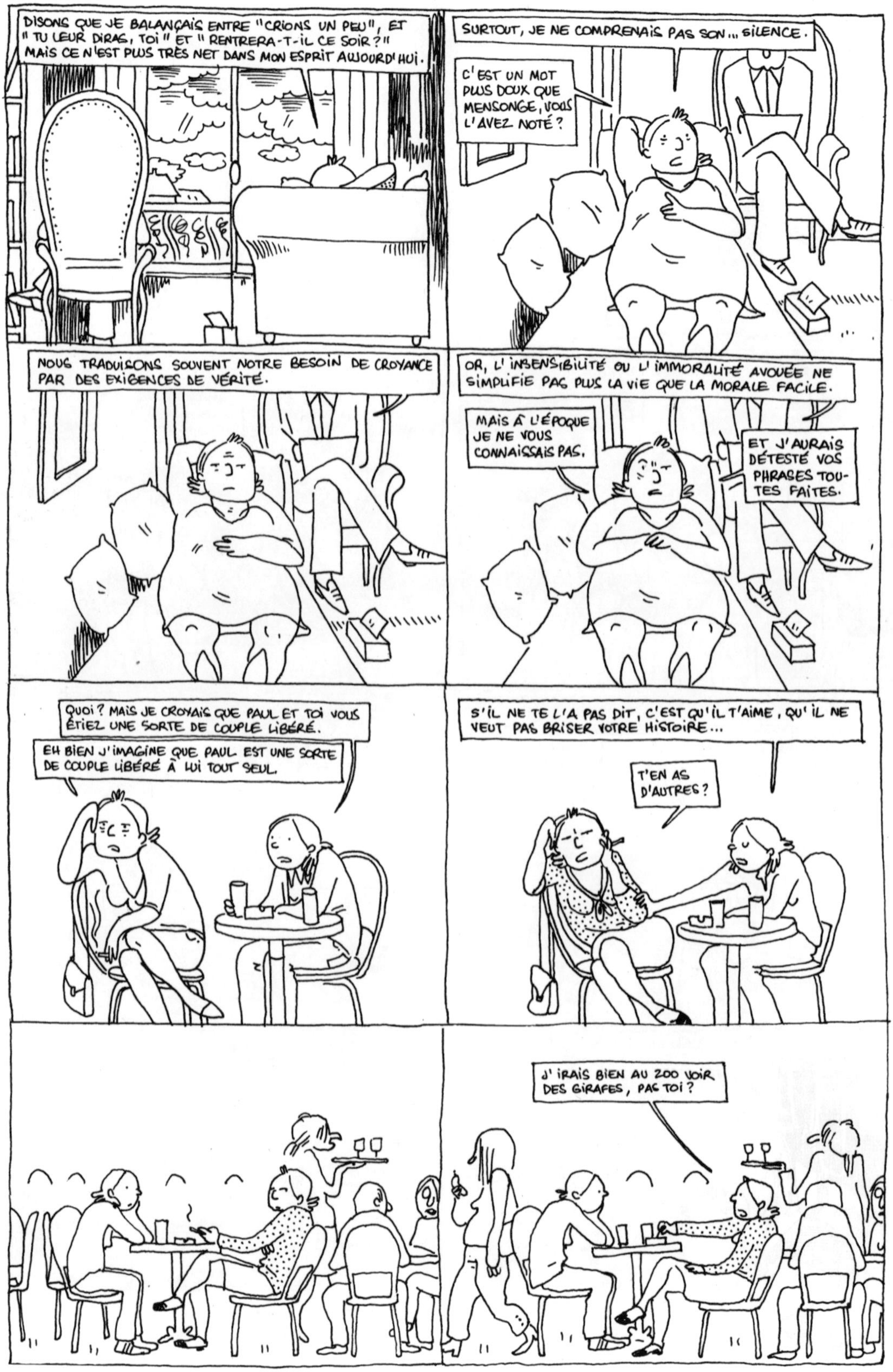
DISONS QUE JE BALANÇAIS ENTRE "CRIONS UN PEU", ET "TU LEUR DIRAS, TOI" ET "RENTRERA-T-IL CE SOIR?" MAIS CE N'EST PLUS TRÈS NET DANS MON ESPRIT AUJOURD'HUI.
SURTOUT, JE NE COMPRENAIS PAS SON... SILENCE.
C'EST UN MOT PLUS DOUX QUE MENSONGE, VOUS L'AVEZ NOTÉ ?
NOUS TRADUISONS SOUVENT NOTRE BESOIN DE CROYANCE PAR DES EXIGENCES DE VÉRITÉ.
OR, L'INSENSIBILITÉ OU L'IMMORALITÉ AVOUÉE NE SIMPLIFIE PAS PLUS LA VIE QUE LA MORALE FACILE.
MAIS À L'ÉPOQUE JE NE VOUS CONNAISSAIS PAS.
ET J'AURAIS DÉTESTÉ VOS PHRASES TOUTES FAITES.
QUOI ? MAIS JE CROYAIS QUE PAUL ET TOI VOUS ÉTIEZ UNE SORTE DE COUPLE LIBÉRÉ.
EH BIEN J'IMAGINE QUE PAUL EST UNE SORTE DE COUPLE LIBÉRÉ À LUI TOUT SEUL.
S'IL NE TE L'A PAS DIT, C'EST QU'IL T'AIME, QU'IL NE VEUT PAS BRISER VOTRE HISTOIRE...
T'EN AS D'AUTRES ?
J'IRAIS BIEN AU ZOO VOIR DES GIRAFES, PAS TOI ?

S'IL ME QUITTAIT AU MOINS JE SERAIS UNE VÉRITABLE VICTIME !
UNE VICTIME AU GRAND JOUR !
ON ME PLAINDRAIT, ON ME CONSOLERAIT.
CERTAINS HOMMES AUSSI, MÊME JUSTE PAR DÉVOUEMENT.
JE SERAIS PLAINTE ET PAISIBLE.
ET JE SERAIS LIBRE ! JE POURRAIS COUCHER !
MOI AUSSI JE VEUX RENCONTRER CES MECS DONT PARLE MARINE, QUI TIENNENT À TOUT PRIX À TE REVOIR SOUS PRÉTEXTE QUE TU LEUR AS MIS UN ET
BRÔÔÔAAAR
RHOOO, MAIS MOI JE CROYAIS QUE TU COUCHAIS DÉJÀ, TU M'AVAIS PARLÉ D'ÉCARTS...
QUAND ELLE ÉTAIT EN MATERNELLE, ELLE M'ÉNERVAIT DÉJÀ À VOULOIR TOUT LE TEMPS M'IMITER. ET TOUJOURS TELLEMENT ÉPATÉE PAR CE QUE JE POUVAIS DIRE OU FAIRE,.. ALORS J'AI PRIS L'HABITUDE DE LUI RACONTER UN PEU N'IMPORTE QUOI, POUR ME DISTRAIRE, VOILÀ. BON.
DONC, DANS LA GROSSE MERDE PHASE 1, JE M'INVENTAIS UNE NOUVELLE VIE IMAGINAIRE QUI FINISSAIT PAR ME TENTER.
MAIS JE N'AVAIS PAS LE COURAGE.

UNE ASSEZ LONGUE SOLITUDE PEUT PERMETTRE, SINON DE S'AIMER, DU MOINS DE S'ACCEPTER.
VOUS ÊTES UN PLAISANTIN !
MOI J'AIMAIS BEAUCOUP TES IDÉES À CE MOMENT-LÀ.
OUAIS, C'ÉTAIT LA WINNE !
JUSTE AVANT LE WINE.
"LE TICKET DE STATIONNEMENT TRANSFORMÉ EN "JUSTIFICATIF DE PLAISIR, MERCI DE VOTRE VISITE."
ET CE TRUC QUE T'AVAIS DIT À CE TYPE...
ÇA T'INTÉRESSE DE COUCHER AVEC UNE FEMME QUI PENSE À QUELQU'UN D'AUTRE ET QUI TE RAPPELLERA JAMAIS ?
BOF
C'EST LÀ QUE FEU DOCTEUR BIRDOFF M'A INDIQUÉ UN GROUPE DE PAROLE.
OUI, L'IMPOSSIBILITÉ DE METTRE EN COMMUN NOS PEINES PEUT LES AGGRAVER.
BONJOUR ET BIENVENUE. INSTALLEZ-VOUS.
VOUS N'ÊTES PAS OBLIGÉE DE PARLER SI VOUS N'EN AVEZ PAS ENVIE.
MON BEAU-PÈRE A LA CULTURE DE L'ÉCHEC, ET MA BELLE-MÈRE CELLE DU MALHEUR, ALORS, L'IDÉE DE "RÉUSSIR" NOTRE COUPLE, POUR MON MARI, VOUS SAVEZ...
CHEZ LE MIEN, CE SERAIT PLUTÔT LE CULTE DU MENSONGE, JE CROIS QUE C'EST MALADIF. J'EN ARRIVE À PENSER QU'IL ME TROMPE UNIQUEMENT POUR ASSOUVIR CETTE PASSION DE LA DISSIMULATION.

MARIE-FRANÇOISE ?
JE SUIS UNE FEMME FIÈRE.
ET JE DOIS M'ASSEOIR SUR MA FIERTÉ. C'EST TRÈS DIFFICILE, AU QUOTIDIEN, VOUS N'IMAGINEZ PAS.
MAIS JE PRÉFÈRE SURMONTER VICTORIEUSEMENT CETTE ÉPREUVE QUE METTRE MON MARI DEHORS ET NOURRIR POUR LE RESTANT DE MES JOURS UN SENTIMENT D'ÉCHEC.
EN QUELQUE SORTE, SURMONTER MA FIERTÉ EST DEVENU MA NOUVELLE FIERTÉ.
C'EST PAS LE GENRE DE TRUC QUE DISENT CEUSSES QUI SE FONT FOUETTER LE DERRIÈRE ET ATTACHER LES POIGNETS, ÇA ?
J'AI TANT DE COMPTES À RÉGLER...
LES GENS QUE J'AI DÉÇUS, OU QUI M'ONT PRISE POUR UNE CONNE, AUXQUELS J'AI FAIT DE LA PEINE, OU QUI M'ONT BLESSÉE. QUE J'AI AIMÉS ET QUI NE LE SAVENT MÊME PAS...
VOUS AVEZ COMBIEN DE MARIS ?
BON SANG, CE QUE JE VOUDRAIS SAVOIR, C'EST POURQUOI JE NE LE QUITTE PAS : PAR AMOUR OU PAR PEUR ?
C'EST UNE DES QUESTIONS-CLÉS, SANS AUCUN DOUTE.

LES EXPÉRIENCES DE LA VIE SONT INCOMMUNICABLES ET C'EST CE QUI CAUSE TOUTE LA TRISTESSE HUMAINE.
JE N'Y SUIS ALLÉE QUE DEUX FOIS.
JE RÊVE QU'IL S'EN AILLE ! MAIS PLUTÔT POUR REVENIR...
GAMINE, J'AVAIS ENTENDU DES HISTOIRES COMME ÇA, DE COUPLES QUI SE DÉCHIRENT PUIS QUI SE RETROUVENT. MAIS DANS CES HISTOIRES, C'ÉTAIT TOUJOURS LA FEMME INFIDÈLE QUI REVENAIT... L'HOMME INFIDÈLE, LUI, FONDAIT UN AUTRE FOYER.
CHASSERIEZ-VOUS VOTRE MARI EN ESPÉRANT QU'IL REVIENNE ASSAGI ?
PAS MOI. JE VOIS BIEN QU'IL VOUDRAIT QU'ON S'ENGUEULE, QUE JE LE METTE DEHORS. MAIS POURQUOI LUI RENDRE CE SERVICE ? IL LAISSE POURRIR LA SITUATION. COMME LES FRUITS ET LÉGUMES QU'IL ACHÈTE.
ILS SONT LÂCHES ET PUIS C'EST TOUT.
JE VOUS INTERDIS DE TRAITER MON MARI DE LÂCHE !
TIENS TIENS MAIS DITES-MOI : VOUS PRÉFÉREZ UN HOMME ÉGOÏSTE, IMMATURE, ET ANGOISSÉ, OU GÉNÉREUX, STOÏQUE ET RASSURANT ?
IMBÉCILES.

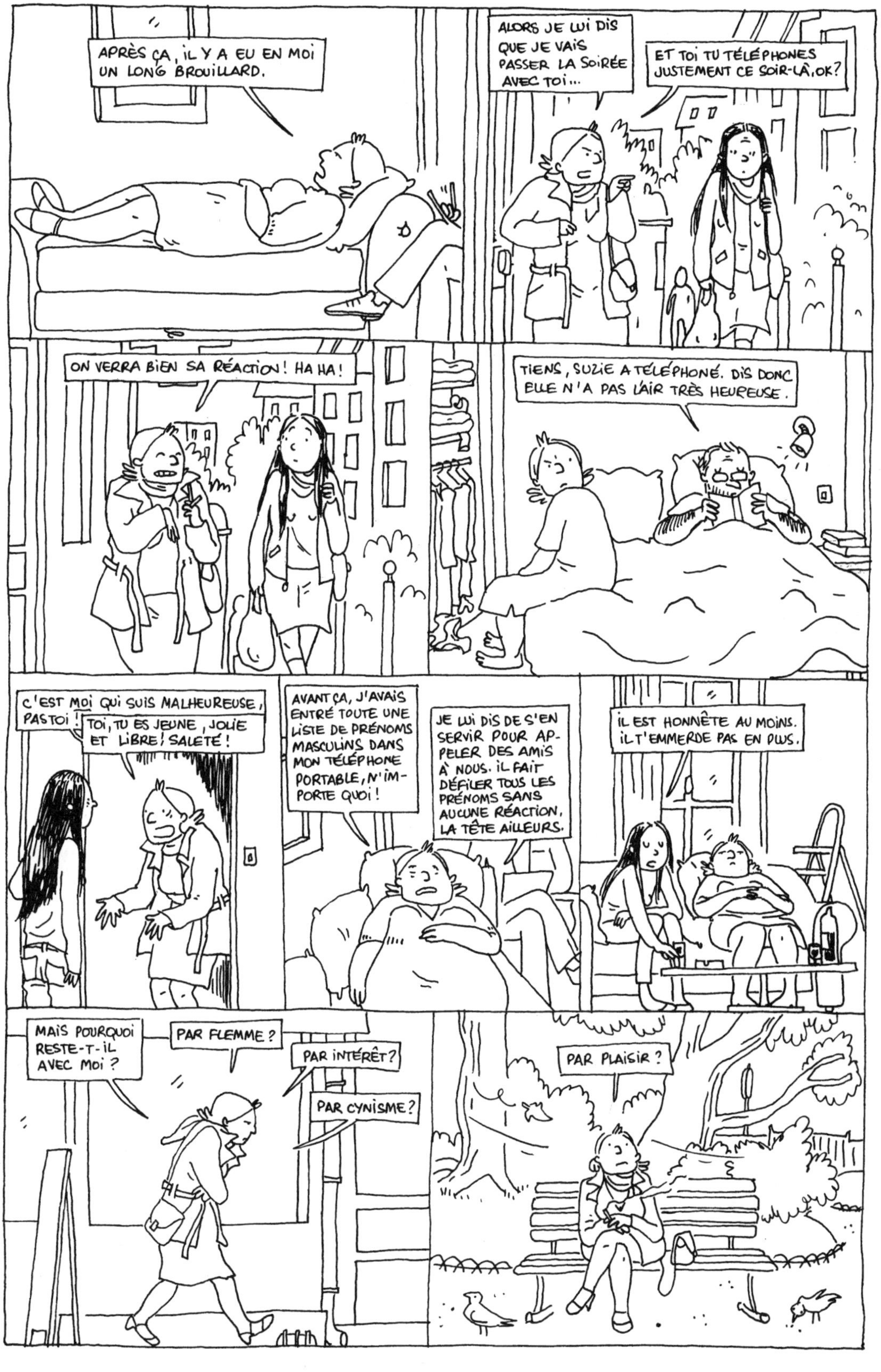
APRÈS ÇA, IL Y A EU EN MOI UN LONG BROUILLARD.
ALORS JE LUI DIS QUE JE VAIS PASSER LA SOIRÉE AVEC TOI...
ET TOI TU TÉLÉPHONES JUSTEMENT CE SOIR-LÀ, OK?
ON VERRA BIEN SA RÉACTION! HA HA!
TIENS, SUZIE A TÉLÉPHONÉ. DIS DONC ELLE N'A PAS L'AIR TRÈS HEUREUSE.
C'EST MOI QUI SUIS MALHEUREUSE, PAS TOI!
TOI, TU ES JEUNE, JOLIE ET LIBRE! SALETÉ!
AVANT ÇA, J'AVAIS ENTRÉ TOUTE UNE LISTE DE PRÉNOMS MASCULINS DANS MON TÉLÉPHONE PORTABLE, N'IMPORTE QUOI!
JE LUI DIS DE S'EN SERVIR POUR APPELER DES AMIS À NOUS. IL FAIT DÉFILER TOUS LES PRÉNOMS SANS AUCUNE RÉACTION, LA TÊTE AILLEURS.
IL EST HONNÊTE AU MOINS. IL T'EMMERDE PAS EN PLUS.
MAIS POURQUOI RESTE-T-IL AVEC MOI?
PAR FLEMME?
PAR INTÉRÊT?
PAR CYNISME?
PAR PLAISIR?

ET LÀ J'AI PLONGÉ DEDANS.
DANS?
BEN DANS LA GROSSE MERDE. AU PLUS PROFOND.
COMPLÈTEMENT À JEUN...
VOUS ME VOYEZ SURPRIS..
DE N'PAS TROUVER MON LIT... ICI...
J'AI PRIS DES BAINS DE LARMES.
PUIS J'AI COMMENCÉ À SÉRIEUSEMENT M'INTERROGER.
ÇA VA, TA?
OUI, JE M'INTERROGE.
JE BOIS, JE M'INTERROGE, JE BOIS, JE M'INTERROGE...
FEMME MÛRE, UN BRIN ROUGEAUDE, ÉCHANGE SEXE CONTRE SINCÉRITÉ. FAIRE PROPOSITION EN NOMBRE D'ANNÉES.
L'AUTRE JOUR, UN TYPE, ME VOYANT TITUBER, M'A PRISE PAR LE BRAS. IL VOULAIT M'EMMENER CHEZ LUI.
MAIS IL ÉTAIT TROP VIEUX.
ÇA CRAINT, JE FAIS N'IMPORTE QUOI.

IL Y A UN SUPERBE PASSAGE DE VIRGINIA WOOLF SUR UNE FEMME QUI SE LAISSE SUIVRE LA NUIT ! "LA NUIT TRAVERSÉE PAR D'ERRANTS ÉPHÉMÈRES", ..."JE VOIS DANS LA NUIT LE ROUGE ET LE BLEU DES COULEURS CACHÉES"...
TA GUEULE.
LE TRUC
VISSERIE CLOUTERIE
COMMUTATEURS CONTACTEURS
AH, OÙ EST-IL PASSÉ, ÇA, J'AIMERAIS BIEN LE SAVOIR.
T'AS FERMÉ LA VOITURE AU MOINS ?
NON, LE "AU MOINS" EST DE TROP.
BOULANGERIE
3
ÇA NE M'INTÉRESSE PLUS ÇA NE M'INTÉRESSE PLUS
MAIS TU NE PEUX PAS ÊTRE SUPERMAN, IDIOT !
PARCE QUE SUPERMAN, C'EST MOI !
C'EST MALHEUREUX QUE JE N'AIE PAS DE REVOLVER, IL N'EN RESTERAIT PAS UN SEUL.
BEURK.
TOUT LE DÉSORDRE PSYCHIQUE DE L'HUMANITÉ, AVEC SES QUESTIONS TOUJOURS SANS RÉPONSES, S'ACCROCHE À CHAQUE QUESTION PARTICULIÈRE DE LA PLUS DÉGOÛTANTE FAÇON.
ALLEZ, T'AS TROP BU, TU COMMENCES À CITER MUSIL.

J'AVAIS LA GUEULE COMME UN CHIFFON.
ET LE CERVEAU DANS LA NUQUE
JE ME TROMPAIS DE CHAUSSETTES, DE BOUTEILLES...
DE BOUTEILLES ?
OUI ENTRE LE PORTO, LE VINAIGRE ET LA SAUCE DE SOJA...
JE N'ARRÊTAIS PAS DE PENSER À NOTRE PÉRIODE HEUREUSE. JE VOULAIS REMONTER LE TEMPS.
REMONTER LE TEMPS, C'EST MOURIR, NON ?
JE VOUDRAIS ROULER PAUL DANS MON AMOUR.
HI HI, COMME LE "PANER" !
MAIS CE N'EST PAS POSSIBLE.
VOUS VOULIEZ MOURIR ?
NON.
JUSTE, JE PRENAIS SALEMENT EN GRIPPE MON ANCIEN MOI HEUREUX.
J'POUVAIS PLUS LE BLAIRER QUI-LÀ.

À CETTE PÉRIODE, J'AI UN PEU MAIGRI.
J'AI MAIGRI DU NEZ
FAUT ESSAYER DE FAIRE TOUTES LES PETITES CHOSES QU'ON A À FAIRE COMME SI ELLES ÉTAIENT GRANDES.
ARRÊTE ÇA.
C'EST LÀ QUE JE RETROUVAIS UN COPAIN D'ENFANCE...
ISAB?
ET ALORS TOI, QU'EST-CE QUE TU DEVIENS?
J'AI UN BOULOT DANS L'INFORMATIQUE RÉSEAU, INTERNET, SÉCURITÉ, TOUT ÇA, C'EST ASSEZ RIGOLO.
RIGOLO?
MAIS JE NE FAISAIS QUE REPENSER AU TEMPS BÉNI OÙ CHAQUE FOIS QUE JE PARLAIS, MON MARI ME RÉPONDAIT "TU ES JOLIE".
ÇA M'AGAÇAIT UN PEU, AU TEMPS BÉNI.
LES CHOSES QUE J'AVAIS CRU AGAÇANTES ME MANQUENT ENCORE PLUS QUE LES AUTRES.
EST-CE QUE JE VOUS AI DIT QUE JUSQU'À 40 ANS, J'ÉTAIS RESTÉE ASSEZ JOLIE?

J'AI REVU CE COPAIN D'ENFANCE LÀ, L'INFORMATICIEN, QUELQUES FOIS. IL S'INTÉRESSAIT. IL POSAIT DES QUESTIONS.
AH BON MAIS QU'EST-CE QUE TU SAIS DE CES FILLES?
JUSTE DES PRÉNOMS SUR UNE MÉMOIRE DE TÉLÉPHONE PORTABLE?
COMBIEN Y EN AVAIT? QUAND-MÊME PAS DES PUTES...
TU SAIS, IL ENSEIGNE À L'UNIVERSITÉ, IL ÉCRIT DES ARTICLES, IL CONNAÎT DES CENTAINES DE GENS...
BAH, ALORS, C'EST MÊME PAS DES MAÎTRESSES...
JE NE LUI AI PAS DEMANDÉ LA NATURE PRÉCISE DE CE QU'IL METTAIT DANS QUELLE PARTIE DE LEUR CORPS.
EXCUSE.
IL PASSE BEAUCOUP DE TEMPS À FAIRE DES MAILS, JE PENSE QU'IL DOIT LEUR ÉCRIRE, LES FRÉQUENTER, PEUT-ÊTRE PAS TOUTES LES...
POSSÉDER.
ACTE PHYSIQUE DANS LEQUEL D'AILLEURS ON NE POSSÈDE RIEN, COMME DIRAIT MON PSY.
TU VOIS UN PSY?
OUI, POURQUOI?
QUELLE FASCINATION MALSAINE PEUT AVOIR POUSSÉ CES GENS À FAIRE DE TELLES ÉTUDES?
J'AURAIS PEUT-ÊTRE DÛ ME MÉFIER.
OH, TU SAIS, UN PSY QUI NE DIT PAS TROP DE BÊTISES, C'EST UN PATIENT À MOITIÉ GUÉRI...
ILS PENSENT QUE TOUT LE MONDE EST UN PEU FOU, NON?
MOI, J'AIME BIEN: DES MOTS ASSOCIÉS À D'AUTRES DÉCLENCHENT SON INVISIBLE ENTHOUSIASME.
IL A DES PHRASES TOUJOURS RENOUVELÉES ET JE NE PEUX JAMAIS ÊTRE SÛRE DE CE QU'ELLES VEULENT VRAIMENT DIRE...

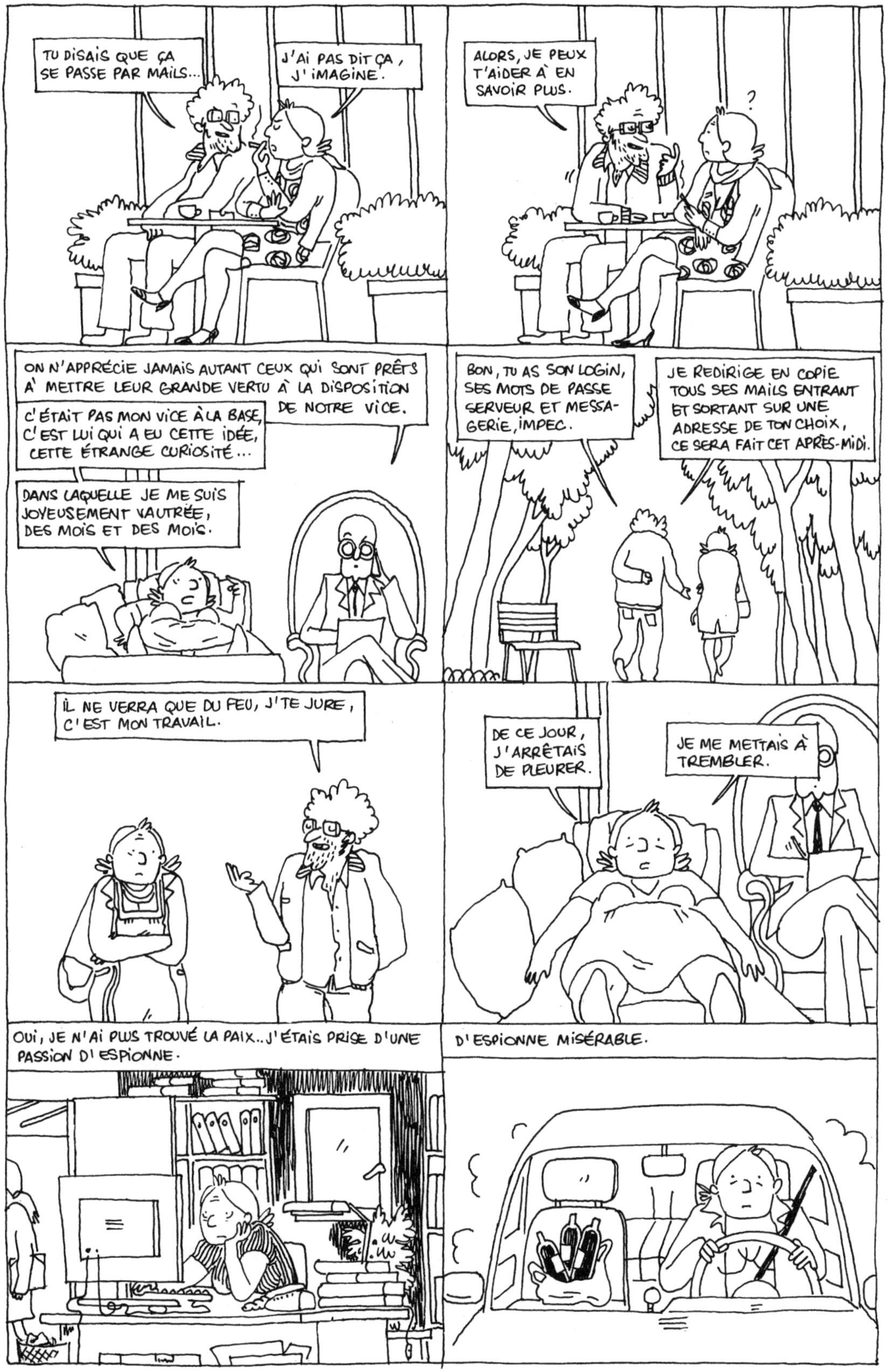
TU DISAIS QUE ÇA SE PASSE PAR MAILS...
J'AI PAS DIT ÇA, J'IMAGINE.
ALORS, JE PEUX T'AIDER À EN SAVOIR PLUS.
?
ON N'APPRÉCIE JAMAIS AUTANT CEUX QUI SONT PRÊTS À METTRE LEUR GRANDE VERTU À LA DISPOSITION DE NOTRE VICE.
C'ÉTAIT PAS MON VICE À LA BASE, C'EST LUI QUI A EU CETTE IDÉE, CETTE ÉTRANGE CURIOSITÉ...
DANS LAQUELLE JE ME SUIS JOYEUSEMENT VAUTRÉE, DES MOIS ET DES MOIS.
BON, TU AS SON LOGIN, SES MOTS DE PASSE SERVEUR ET MESSAGERIE, IMPEC.
JE REDIRIGE EN COPIE TOUS SES MAILS ENTRANT ET SORTANT SUR UNE ADRESSE DE TON CHOIX, CE SERA FAIT CET APRÈS-MIDI.
IL NE VERRA QUE DU FEU, J'TE JURE, C'EST MON TRAVAIL.
DE CE JOUR, J'ARRÊTAIS DE PLEURER.
JE ME METTAIS À TREMBLER.
OUI, JE N'AI PLUS TROUVÉ LA PAIX.. J'ÉTAIS PRISE D'UNE PASSION D'ESPIONNE.
D'ESPIONNE MISÉRABLE.

FINI LE PREMIER TEMPS OÙ SON ORDINATEUR ET SON TÉLÉPHONE PORTABLE ÉTAIENT DES OBJETS HOSTILES! OÙ JE SURSAUTAIS À CHAQUE "DOING"!
ALORS... J'VAIS ME FAIRE UN DOSSIER PAR FILLE.
IL SE LASSAIT VITE DES BÊTASSES, QUI COUCHENT DE SUITE, ET S'IMPATIENTAIT SOUVENT DES PLUS MALIGNES, QUI SE FAISAIENT TROP DÉSIRER.
LE PRIX QU'IL SEMBLAIT LEUR ACCORDER VARIAIT AUSSI SELON LES JOURS.
TÛ Û Û ÛT
CES SALES FILLES DU CÔTÉ OBSCUR...
TAPIES DANS L'OMBRE, DES FILLES NOIRES NOIRES NOIRES.
TU PEUX PAS DIRE ÇA, C'EST PAS POLITIQUEMENT CORRECT.
GRISES FILLES, ÇA PASSE ?
J'APPRENAIS À LES CONNAÎTRE, À DÉTESTER LEURS EXPRESSIONS OU LA MUSIQUE QUE L'UNE OU L'AUTRE ÉCOUTAIT.
ARRÊTE DE DIRE "J'ASSUME", C'EST DÉBILE "J'ASSUME", COMPLÈTEMENT DÉBILE !
NICK CAVE
LA MUSIQUE ?
OUI, UNE PAR EXEMPLE AVAIT ÉCRIT "JE T'ATTENDS EN ÉCOUTANT NICK CAVE"
JE NE VOULAIS PAS QU'IL ÉCOUTE LES MÊMES DISQUES À LA MAISON.
OU QU'IL LEUR OFFRE CES CHOCOLATS QUE JE LUI AVAIS FAIT DÉCOUVRIR...
C'EST DÉBILE, VOTRE MARI S'ENFILE UN COLLIER DE MAÎTRESSES ET VOUS VOUS ACCROCHEZ À CE GENRE DE DÉTAIL...
"VOUS" EST-IL VOTRE "JE" PASSÉ ?

CELLES QUI SAVAIENT SAUPOUDRER UN PEU DE POÉSIE DURAIENT PLUS LONGTEMPS.
LA NUIT, JE M'ENVOLE VERS TOI. JE SUIS UNE CHALEUR QUE TU IGNORES, SANS LAQUELLE TU AURAIS FROID, UNE ODEUR QUI ENTRE PAR LA FENÊTRE.
CERTAINES PHRASES PASSAIENT AUSSITÔT DANS MON COEUR À L'ÉTAT SOLIDE ET LE DÉCHIRAIENT.
"JE NE SUIS NI ABSOLUMENT SINCÈRE, NI FORTE, NI BELLE, MAIS MON AMOUR EST TOUT CELA."
"LE PRÉSENT EST UNE JOIE TEL QUEL. L'AMOUR N'EST PAS UNE PASSION EXCLUSIVE ET DÉFINITIVE POUR UN SEUL ÊTRE MAIS UN SENTIMENT QUI JOUE LIBREMENT"
AAH, ELLES AIMENT ÇA PARLER DE LIBERTÉ ET DE PRÉSENT, LES GREDINES!
PARFAIT ÇA, "GREDINES", EXCELLENT!
"TU M'ES INACCESSIBLE, IL Y A DES YEUX QUI TE VOIENT, DES MAINS QUI TE TOUCHENT..."
GNARK GNARK
"TON ABSENCE M'ÉCRASE."
BIEN FAIT!
"J'AI TOUJOURS DU SUCCÈS QUAND JE SORS DE TES BRAS, TU ALLUMES EN MOI UNE FANTAISIE QUI NE S'ÉTEINT QUE LENTEMENT."

LA LECTURE DE CES MAILS ME FAISAIT ÉPROUVER EN UNE HEURE LES BONHEURS ET LES MALHEURS QUE J'AURAIS MIS DES ANNÉES À CONNAÎTRE DANS LA VIE.
"JE NE SUIS PAS TRISTE POUR TOI, TU N'AS PAS BESOIN DE MOI".
AH AH AH !
ET QU'EST-CE QU'IL RÉPOND LÀ ? TIENS, LA MÊME CHOSE QU'À L'AUTRE !
HA HA HA ! DU COPIER-COLLER !
LU
MAIS LE LENDEMAIN...
"TU M'AS CONQUIS EN NE ME DEMANDANT RIEN ET EN AYANT BESOIN DE MOI"
"NOUS VÊTIR D'AMOUR COMME LE SONT LES ARBRES DE LEURS FEUILLES TREMBLANTES"
POUAH, DES PHRASES COMME CELLES-CI ONT AUSSI MAUVAIS GOÛT QUE DU PAIN TREMPÉ DANS DE L'EAU DE TOILETTE !
"LA FALAISE AIME LA VAGUE QUI L'ÉBRANLE."
OH, ÇA SENT LE RECOPIAGE ÇA, LAISSE MOI CHERCHER D'OÙ C'EST TIRÉ...
TIENS C'EST JOLI ÇA "LA FALAISE AIME LA VAGUE QUI L'ÉBRANLE."
TU NE TROUVES PAS ÇA UN PEU CUCUL ?
BEN HEU BEUH,..
SI SI

AH? CELLE-CI FAIT ÉVOLUER SON STYLE POUR RESSEMBLER À CELUI DE PAUL! ASTU... PIDECIEUX!
C'EST CURIEUX CE MÉLANGE DE TIMIDITÉ ET DE SOTTISE QU'ONT CERTAINES PERSONNES À CROIRE ÉLÉGANT D'IMITER CEUX À QUI ELLES VEULENT PLAIRE...
MAIS DÈS QU'IL RETROUVAIT SON STYLE OU SES HUMEURS EN ELLES, IL NE LES SUPPORTAIT PLUS.
ALLEZ, DÉGAGE LA GREDINE!
ENFIN, JE N'ÉTAIS PAS PLUS AVANCÉE.
SAVOIR NE PERMET PAS D'EMPÊCHER.
AVIEZ-VOUS L'ENVIE OU L'ILLUSION D'UN POUVOIR SUR LES CHOSES?
RHAAA, J'AURAIS VOULU VOIR À TRAVERS LUI, VOIR SES MOMENTS AVEC ELLES, ET LA LISTE PLUS PRÉCISE DE SES PROCHAINS RENDEZ-VOUS!
MIRANDA
JE SUIS BIEN PUNIE.
ON S'IMAGINE DÉSABUSÉE, BLINDÉE, INDÉPENDANTE ET À 40 ANS ON SE DÉCOUVRE ACCRO ET JALOUSE
PAS DE BOL
EST-CE QUE J'AIME ENCORE PAUL À CAUSE DE CE CONTRE-POIDS DE FEMMES QUI ME LE DISPUTENT?
EST-CE QUE JE FAIS MA MIDDLE LIFE CRISIS, MOI AUSSI, EN RETOMBANT SI PASSIONNÉE?

POURTANT J'AI BIEN BOSSÉ, MERDE!
J'AI COUCHÉ ÉTANT JEUNE, JE NE ME SUIS MISE EN COUPLE NI TROP TÔT NI TROP TARD. ELLES AVAIENT QU'À EN FAIRE AUTANT, CES SALES TRENTENAIRES QUI LUI RÔDENT AUTOUR...
C'EST PAS DES MINETTES DE 25 ANS COMME TOI DONT IL FAUT SE MÉFIER, C'EST PLUTÔT DE CELLES DE 35, PRÊTES À TOUT POUR TROUVER IN EXTREMIS UN GÉNITEUR, MÊME DE SECONDE MAIN.
OUF.
ELLES LES RAMÈNENT BOURRÉS S'IL LE FAUT. ELLES COUCHENT DE SUITE, C'EST DÉLOYAL!
AH AH MA VIEILLE, LES MOEURS ÉVOLUENT!
DE TOUTE FAÇON, TOI T'ES DU CÔTÉ OBSCUR.
AH NON! JE NE METS JAMAIS UN MEC EN COUPLE DANS MON LIT! QUESTION DE PRINCIPE!
D'ABORD, JE NE FERAIS QUE PENSER À SA NANA, LA PAUVRE. MOI J'AIME LE CUL, PAS LE MENSONGE.
JE N'AI PAS L'ÂME D'UNE MAÎTRESSE AIDANT MÔNSIEUR À SE SENTIR CANAILLE.
MAIS TU VAS ARRÊTER, OUI!

JE N'AVAIS FINALEMENT PAS RÉUSSI À PARLER À MARINE DE LA TRANSFORMATION DE MA SEXUALITÉ.
TIENS, QU'EST-CE QU'IL LUI RÉPOND À CELLE-LÀ ?
" L'HOMME EST L'ÊTRE QUI NE PEUT SORTIR DE SOI, QUI NE CONNAÎT LES AUTRES QU'EN SOI, ET QUI MENT EN DISANT LE CONTRAIRE !"
TCHK TCHK
C'EST ÇA QU'IL CHERCHE ?
SORTIR DE LUI ? JOUER UN RÔLE DIFFÉRENT ?
VOUS PARLIEZ DE "TRANSFORMATION DE VOTRE SEXUALITÉ".
AH OUI
JE VOUS AI PAS RACONTÉ, L'AUTRE JOUR, MON FILS.
C'EST AVEC DES ADOLESCENTS QUI DURENT UN CERTAIN NOMBRE D'ANNÉES QUE LA VIE FAIT DES VIEILLARDS.
Hi Hi Hi !

C'EST DU PROUST.
QUOI ?
CE QU'A ÉCRIT PAUL, LÀ, SUR L'HOMME QUI NE PEUT SORTIR DE SOI, C'EST DU PROUST.
PFF, AVEC TOI, DÈS QU'ON DIT QUELQUE-CHOSE, C'EST DE QUELQU'UN.
BEN, OUI, TU SAIS, LES ÉCRIVAINS ONT À PEU PRÈS TOUT DIT.
OUI OUI, CETTE HISTOIRE DE SEXUALITÉ, OUI OUI, J'Y VIENS.
CE QUI S'EST PASSÉ C'EST QUE...
JE ME SUIS MISE À INSULTER PAUL PENDANT...
...PENDANT NOS RAPPORTS SEXUELS
EN PENSÉE, HEIN, EN PENSÉE SEULEMENT !
ÇA M'EST VENU COMME ÇA, PAR HASARD, J'AI PENSÉ "CONNARD" ET TOUT DE SUITE J'AI JOUI.
JE ME DISAIS "CREVURE", "FAUX JETON", "SALOPIOT, ET HOP !
"JE SAIS TOUT ET TU NE LE SAIS PAS" AHHHHH
"JE TE MÉPRISE" ÇA MARCHAIT DU TONNERRE !
J'ENVISAGEAIS MÊME D'ESSAYER AVEC D'AUTRES HOMMES POUR VOIR.
ÇA T'INTÉRESSE DE COUCHER AVEC QUELQU'UN QUI PENSE DU MAL DE TOI ET QUI NE TE RAPPELLERA PAS ?
BOF

COMME TU M'AS PARLÉ DE PROUST L'AUTRE JOUR, JE ME SUIS SOUVENUE QU'IL TARTINAIT PAS MAL SUR LA JALOUSIE.
UN TOME ENTIER LÀ-DESSUS ! ÇA M'AVAIT BARBÉE AUTREFOIS.
ET ALORS, T'AS "RELU" PROUST, NON, C'EST PAS VRAI !
OUEP ! AINSI, À LA DOULEUR DE LA JALOUSIE, J'AI AJOUTÉ LA DOULEUR DE LIRE CE QUE JE RESSENTAIS.
IL DIT TRÈS BIEN COMMENT LA JALOUSIE PEUT FAIRE SE RENSEIGNER SUR MILLE ET UNE CHOSES, DANS UNE SORTE D'ESCALADE, "LA JALOUSIE DE L'ESCALIER"...
ET IL CONSEILLE AUSSI DE NE PAS MONTRER QU'ON EST JALOUX POUR NE PAS QU'ON NOUS MENTE ENCORE PLUS...
UN VRAI MAGAZINE FÉMININ !
IL EXPLIQUE QUE SI L'ON ACCEPTE D'ÊTRE TROMPÉ MAIS QU'ON DEMANDE DE SAVOIR, ON RÉCLAME EN SOMME LE RENOUVELLEMENT DE SES SOUFFRANCES.
BON, IL EST SYMPA, IL DIT AUSSI QUE L'ON TROMPE LA FEMME QU'ON AIME AVEC D'AUTRES QU'ON N'AIME PAS... MAIS APRÈS IL FRIME.
AH AH, OUI, DU GENRE "LÀ OÙ LA VIE EMMURE, L'INTELLIGENCE PERCE UNE ISSUE".
VOILÀ ! MAIS MOI JE NE SUIS PAS INTELLIGENTE !
ET PUIS QU'IL FAUT SE SERVIR DES PERSONNES QUI NOUS FONT SOUFFRIR EN LES RENDANT ABSTRAITES, QU'IL FAUT EXTRAIRE LA GÉNÉRALITÉ DE NOTRE CHAGRIN, LEQUEL S'IL NE NOUS TUE PAS, NOUS RENFORCE, ET QUE L'ÉCRIVAIN PROFITE DES CHAGRINS.
OUI MAIS MOI, JE SUIS PAS ÉCRIVAIN !
BIO
SNF

ET PUIS, TOUT D'UN COUP, J'EN AI PLUS RIEN EU À FOUTRE DE RIEN DU TOUT !
RALEBOLO TOTAL !
ÇA FAISAIT PAS LOIN DE DEUX ANS QUE J'ÉTAIS DANS LA GROSSE MERDE... J'EN AI EU MARRE, MAIS MARRE !
LÀ, BIRDOFF A DIT : "CE N'EST PAS UNE DÉPRESSION NERVEUSE, C'EST UNE BATAILLE MORALE QUE VOUS DEVEZ MENER TOUTE SEULE." PAN.
IL ME TROUVAIT "ASSEZ FORTE."
NOTRE POINT RÉPUTÉ LE PLUS FORT EST SOUVENT LE PLUS FAIBLE.
AH AH, VOUS ÊTES REDOUTABLE ! ATTENTION À L'IMPÔT SUR LA GRANDE FORTUNE !
JE NE ME RECONNAIS PAS DANS CE QUE JE SUIS DEVENUE.
RHOO, ÇA VA, EH, T'AS TUÉ PERSONNE ET T'ES MÊME PAS VEUVE.
SI JE L'ÉTAIS AU MOINS J'AURAIS EU DES CONDOLÉANCES.
IMBÉCILE
J'EN AVAIS APRÈS TOUTES MES AMIES. JE NE POUVAIS PLUS SOUFFRIR PERSONNE.
SOUDAIN, JE COMPRENAIS TELLEMENT BIEN LES GENS QUI, VOUS SAVEZ "COUPENT LES PONTS"

JE N'AURAIS JAMAIS DÛ LEUR PARLER DE MOI... C'EST UN SUJET OÙ MA VUE ET LA LEUR NE PEUVENT PAS CONCORDER. ON NE DEVRAIT JAMAIS PARLER DE SOI, DE TOUTE FAÇON.
L'AMITIÉ C'EST SURTOUT QUOI? DE LA FATIGUE ET DE L'ENNUI, VOILÀ!
VOUS RENONCIEZ À GARDER VOS AMIS DE PEUR DE LES AVOIR POUR JUGES?
LA JALOUSIE M'AVAIT RENDUE ÉGOÏSTE! LE DÉSIR DE SAVOIR M'AVEUGLAIT.
PROUST M'AVAIT PRÉVENUE MAIS JE NE L'AVAIS PAS ÉCOUTÉ.
AH! AH! AH!
BIRDOFF DISAIT AUSSI QU'ON NE GUÉRISSAIT D'UNE SOUFFRANCE QU'À CONDITION DE L'ÉPROUVER PLEINEMENT.

CE QUE JE N'ARRÊTAIS POURTANT PAS DE ME DEMANDER, C'ÉTAIT : " EST-CE QUE JE L'AIME ENCORE ?"
ÊTRE AMOUREUX, ON VOIT BIEN, C'EST TRÈS PHYSIQUE, QUASI ABDOMINAL. ÇA SE PASSE ENTRE LE COEUR ET LE SEXE, VERS L'ESTOMAC, LES BOYAUX.
FACILE.
MAIS AIMER, DIABLE QUE C'EST DUR À CERNER, COMPASSION, ADMIRATION, ATTACHEMENT, POSSESSION, PEUR, BIEN ÊTRE. ON TROUVE DES MORCEAUX, AUCUN NE CONSTITUANT L'AMOUR EXACTEMENT.
À MOINS QUE CE NE SOIT QU'UNE VISION DE L'ESPRIT... UNE ILLUSION... OU L'INVENTION D'UN POUVOIR QUELCONQUE...
EN OR !
PFF, RIEN N'EST SIMPLE.
SI, TOUT EST SIMPLE.
TU ES MALHEUREUSE, VOILÀ TOUT.
1ER PRIX
PROMO
CE N'EST PAS L'AMOUR QUI DÉRANGE LA VIE MAIS L'INCERTITUDE D'AMOUR.
J'AVAIS EU TELLEMENT DE FAÇONS DE L'AIMER QU'IL Y AVAIT COMME UNE VIE DE MON AMOUR POUR LUI...
JE NE POUVAIS PAS ARRACHER MES SENTIMENTS SANS ME DÉTRUIRE, MON AMOUR N'ÉTAIT PAS OPÉRABLE... J'ÉTAIS RÉSIGNÉE À LA SOUFFRANCE.
NOUS CROYONS AIMER HORS DE NOUS MAIS SI L'AMOUR DEVIENT FONCTION DE LA TRISTESSE C'EST PEUT-ÊTRE QU'IL EST DEVENU CELUI DE LA TRISTESSE ET NON PLUS CELUI DE LA PERSONNE CONCERNÉE.
UNE INDÉNIABLE PUISSANCE SE DÉGAGE DE SES FORMULES.

JE NE VOULAIS PAS BOUGER DAVANTAGE, JUSTE RESTER ASSISE, NE RIEN SOUHAITER, PLUS RIEN.
SEULEMENT, ÇA N'EST PAS DANS MA NATURE.
JE COMMENÇAI PAR ME DÉBARRASSER DE CE COPAIN D'ENFANCE QUI N'AVAIT PAS TANT DE QUALITÉS.
SRRT
JE NE VEUX PLUS SAVOIR, JE NE VEUX PLUS RECEVOIR LES MAILS.
T'ES SÛRE ?
...ÇA NE M'APPRENAIT PLUS RIEN.
D'AILLEURS MÊME ARMELLE NE SUPPORTAIT PLUS LES DÉTAILS DES CONFIDENCES QU'ELLE AVAIT AUPARAVANT SOLLICITÉES.
DE TOUTE FAÇON JE NE VOULAIS PLUS VOIR PERSONNE.

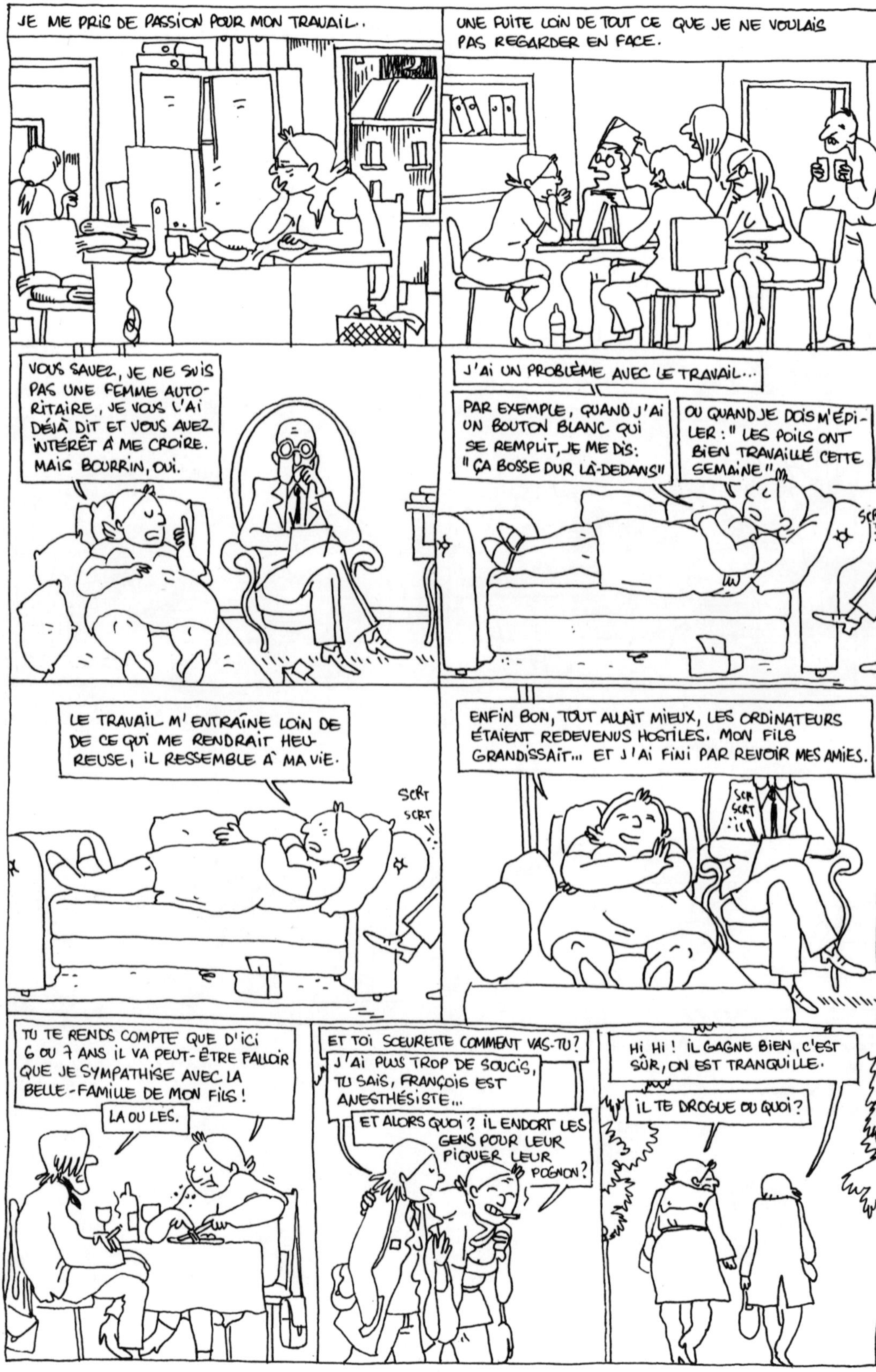
JE ME PRIS DE PASSION POUR MON TRAVAIL.
UNE FUITE LOIN DE TOUT CE QUE JE NE VOULAIS PAS REGARDER EN FACE.
VOUS SAVEZ, JE NE SUIS PAS UNE FEMME AUTORITAIRE, JE VOUS L'AI DÉJÀ DIT ET VOUS AVEZ INTÉRÊT À ME CROIRE. MAIS BOURRIN, OUI.
J'AI UN PROBLÈME AVEC LE TRAVAIL...
PAR EXEMPLE, QUAND J'AI UN BOUTON BLANC QUI SE REMPLIT, JE ME DIS: "ÇA BOSSE DUR LÀ-DEDANS"
OU QUAND JE DOIS M'ÉPILER : " LES POILS ONT BIEN TRAVAILLÉ CETTE SEMAINE"
SCR
LE TRAVAIL M'ENTRAÎNE LOIN DE DE CE QUI ME RENDRAIT HEUREUSE, IL RESSEMBLE À MA VIE.
SCRT SCRT
ENFIN BON, TOUT ALLAIT MIEUX, LES ORDINATEURS ÉTAIENT REDEVENUS HOSTILES. MON FILS GRANDISSAIT... ET J'AI FINI PAR REVOIR MES AMIES.
SCR SCRT
TU TE RENDS COMPTE QUE D'ICI 6 OU 7 ANS IL VA PEUT-ÊTRE FALLOIR QUE JE SYMPATHISE AVEC LA BELLE-FAMILLE DE MON FILS !
LA OU LES.
ET TOI SOEURETTE COMMENT VAS-TU ?
J'AI PLUS TROP DE SOUCIS, TU SAIS, FRANÇOIS EST ANESTHÉSISTE...
ET ALORS QUOI ? IL ENDORT LES GENS POUR LEUR PIQUER LEUR POGNON ?
HI HI ! IL GAGNE BIEN, C'EST SÛR, ON EST TRANQUILLE.
IL TE DROGUE OU QUOI ?

DE TOUTE FAÇON, À L'ÉVIDENCE, LE MONDE TOURNE SANS MON APPROBATION ALORS, COMME DIT KIRIKOU, PUISQUE JE NE SUIS PAS MORT JE CONTINUE.
IL NE FAUT JAMAIS S'ASSEOIR AU BORD DE LA ROUTE.
CE QUI M'EMBÊTERAIT QUAND MÊME, C'EST DE FINIR MES JOURS SEULE.
PARCE QUE, VIEILLE, J'AIMERAIS BEAUCOUP ÊTRE AIGRIE, ACARIÂTRE, DIRE DU MAL DE TOUT. HAHA! ET ÇA C'EST ENCORE PLUS DRÔLE À DEUX!
ET QUANT À L'ÉVOLUTION DE VOTRE SEXUALITÉ ?
AH OUI, OH C'ÉTAIT RIEN. JE ME SUIS ASSEZ VITE RENDU COMPTE QUE ÇA MARCHAIT AUSSI BIEN EN PENSANT : "JE T'AIME TELLEMENT" OU "C'EST UNE ANNÉE À POMMES", OU RIEN.
J'AI PLUS DE FACILITÉ À JOUIR, VOILÀ TOUT.
T'AS EU ÇA OÙ?
UN POTE.
DU PNEU
SNF
BON, CHANGE PAS DE FOURNISSEUR, NÉGOCIE UN PEU LE PRIX.
VOILÀ DU PARACÉTAMOL POUR LE MAL DE TÊTE.
SI T'ES PRIS AVEC, ÇA NE DEVRAIT PAS ÊTRE TROP DUR DE PLAIDER LA RELAXE.
H2B

LES ADOS N'ONT PAS D'HISTOIRE. C'EST ÇA LEUR PROBLÈME.
JE LES TROUVE ASSEZ DIVERTISSANTS.
AH BEN C'EST PAS TOI QUI LES ÉLÈVES !
LES ÉLÈVES, NON JE NE PENSAIS PAS FORCÉMENT À EUX !
ET H2B ? TU SAIS CE QUE ÇA VEUT DIRE, TOI, H2B ?
H2B ? JE NE SAIS PAS... HARICOT DE BOHÊME ?
OU BIEN... HUMOUR À DEUX BALLES.
JE NE REDOUTE PLUS L'AVENIR, BIEN QUE JE DOUTE QU'IL VAILLE MON PASSÉ.
VOUS SAVEZ BIEN QU'IL FAUT DAVANTAGE REDOUTER LE PASSÉ ET PAS SEULEMENT CELUI QUE L'ON APPREND APRÈS-COUP...
OUI, JE SAIS, C'EST VOTRE FONDS DE COMMERCE.
SEULEMENT, TOUT M'EST DEVENU INDIFFÉRENT. LES GENS PEUVENT CREVER, MON IMMEUBLE S'ENFONCER, LES ABRICOTS POURRIR DANS LA CORBEILLE, ÇA M'EST ÉGAL...
JE ME SENS COMME UNE SERPILLIÈRE BIEN RINCÉE, BIEN ESSORÉE, QU'ON AURAIT OUBLIÉE SUR UN FIL À LINGE ET QUI SÈCHE, QUI SE MOUILLE, QUI RE-SÈCHE, QUI SE REMOUILLE... GLOBALEMENT QUI SÈCHE.
MAIS BON, JE LAISSE FAIRE LA VIE.
LA VIE ET SES COULEUVRES, SES NOEUDS COULANTS ET SES FLAQUES D'HUILE.
LA VIE ET SES COULEUVRES, SES NOEUDS COULANTS ET SES FLAQUES D'HUILE...

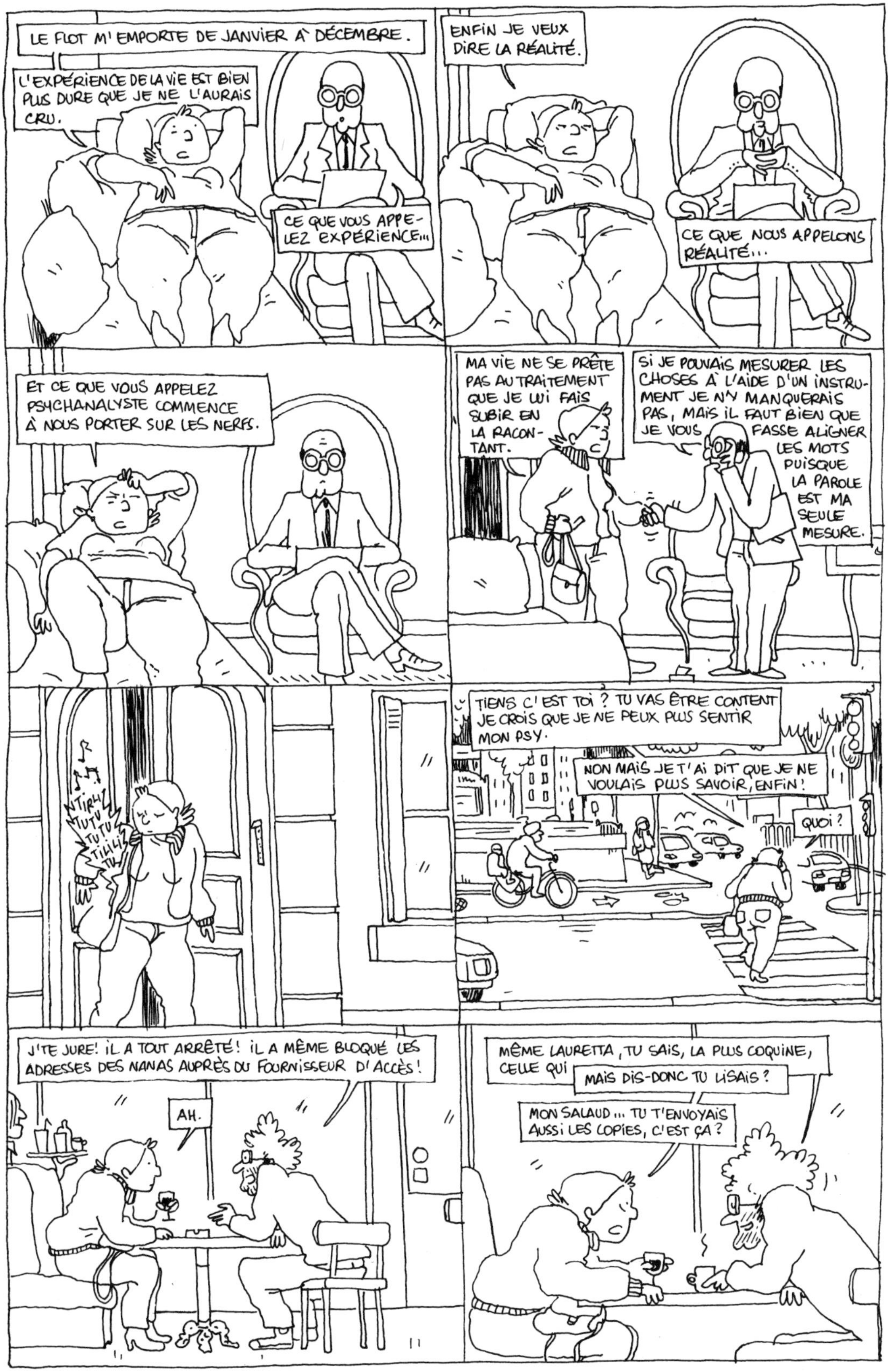
LE FLOT M'EMPORTE DE JANVIER À DÉCEMBRE.
L'EXPÉRIENCE DE LA VIE EST BIEN PLUS DURE QUE JE NE L'AURAIS CRU.
CE QUE VOUS APPELEZ EXPÉRIENCE...
ENFIN JE VEUX DIRE LA RÉALITÉ.
CE QUE NOUS APPELONS RÉALITÉ...
ET CE QUE VOUS APPELEZ PSYCHANALYSTE COMMENCE À NOUS PORTER SUR LES NERFS.
MA VIE NE SE PRÊTE PAS AU TRAITEMENT QUE JE LUI FAIS SUBIR EN LA RACONTANT.
SI JE POUVAIS MESURER LES CHOSES À L'AIDE D'UN INSTRUMENT JE N'Y MANQUERAIS PAS, MAIS IL FAUT BIEN QUE JE VOUS FASSE ALIGNER LES MOTS PUISQUE LA PAROLE EST MA SEULE MESURE.
TIRLI TUTU TUTU TILILI TU
TIENS C'EST TOI ? TU VAS ÊTRE CONTENT JE CROIS QUE JE NE PEUX PLUS SENTIR MON PSY.
NON MAIS JE T'AI DIT QUE JE NE VOULAIS PLUS SAVOIR, ENFIN !
QUOI ?
J'TE JURE ! IL A TOUT ARRÊTÉ ! IL A MÊME BLOQUÉ LES ADRESSES DES NANAS AUPRÈS DU FOURNISSEUR D'ACCÈS !
AH.
MÊME LAURETTA, TU SAIS, LA PLUS COQUINE, CELLE QUI
MAIS DIS-DONC TU LISAIS ?
MON SALAUD... TU T'ENVOYAIS AUSSI LES COPIES, C'EST ÇA ?

TU T'ES RÉGALÉ DE MA MISÈRE, GROS POURRI !
VAMPIRE !
ALLÔ, OUI, DOCTEUR, JE VOUDRAIS PRENDRE RENDEZ-VOUS POUR UN AMI, SAMEDI MATIN, PARFAIT,
IL A UN SÉRIEUX BESOIN D'ANALYSE, ÇA OUI.
IL DEVRAIT VOUS FAIRE PLUSIEURS ANNÉES FACILE.
BON, J'AVAIS DÉJÀ FAIT LE TOUR DE LA QUESTION, PAUL L'A MANIFESTEMENT FAIT AUSSI.
ÇA M'INQUIÈTE QUAND MÊME UN PEU... BON ET TOI RACONTE !
QUI ÇA ?
OH, MOI, PFF, JE SUIS DISPARENTE.
HEIN ?
J'HÉSITE ENTRE DISPARUE ET TRANSPARENTE.
CLIK CLIK CLIK
QUOI ? T'AS LE COUP DE MOU ?
ET POURQUOI TU FERAIS PAS DES LISTES, DES DESCRIPTIONS, DES DÉTAILS, ÇA VEND LÀ, TOUT ÇA EN CE MOMENT, LES GORGÉES DE BIÈRE, LES MISCELLANNÉES...
LE GUIDE DES PLANTES IMAGINAIRES, MMH ? PERLES D'HOMMES ASSOUPIS, NON ? OU LE DICTIONNAIRE DES CONS.
JE CROIS QUE JE PRÉFÈRE ENCORE CEUX QUI SE BARBOUILLENT LE CUL D'ENCRE.

VOTRE PSYCHANALYSTE EST MORT...
NON, PAS CELUI-LÀ, LE PRÉCÉDENT.
BON ENFIN, LE SOUCI EST QUE MON MARI NE ME TROMPE PLUS. PLUS DU TOUT ON DIRAIT.
ÇA M'INQUIÈTE.
JE NE COMPRENDS PAS POURQUOI ÇA LUI A PASSÉ.
VOUS SAVEZ, RIEN N'EST PLUS LIMITÉ QUE LE PLAISIR ET LE VICE. ON PEUT VRAIMENT, DANS CE SENS-LÀ, DIRE QU'ON TOURNE TOUJOURS DANS LE MÊME CERCLE VICIEUX. HU HU HU.
AH? VOUS CONNAISSEZ PROUST?
IL DIT PLEIN DE CONNERIES.
PAR EXEMPLE MOI, JE NE CROIS PAS QU'ON PUISSE AIMER LONGTEMPS QUELQU'UN QUI NE VOUS AIME PLUS. SI J'AIME ENCORE PAUL, C'EST PARCE QU'IL M'AIME ENCORE, SÛREMENT.
MADAME ABUS, IL NE FAUT PAS PRENDRE MONSIEUR PROUST TROP AU SÉRIEUX, CE N'EST QUE DE LA, DE LA, COMMENT APPELLE-T-ON ÇA DÉJÀ, JE NE TROUVE PLUS LE...
LIT ET RATURE ?
J'AI QUELQUE CHOSE À TE DIRE.
HOULÀ NON, NON NON NON. RIEN DU TOUT. ÇA ÇA NON
?
TE TE TE

ANNE BARAOU & FANNY DALLE-RIVE. JANVIER 2008.

OUAIS, Y A "DE LA VIE" ET "DU TEMPS", MAIS T'AS PENSÉ AUSSI À "L'ESSENCE MÊME" ?
QUOI... GENRE "L'ESSENCE MÊME DU MAUVAIS FILM DE LA VIE" ?
AH AH OUAIS, PAR EXEMPLE.
OU "L'ESSENCE MÊME DES NUAGES DE LA VIE"
VIDEOCLUB
AH OUAIS, C'EST BIEN AUSSI. JE SAIS PAS LE MIEUX, J'HÉSITE CARRÉMENT.
"L'ESSENCE MÊME DES ATERMOIEMENTS DE LA VIE."

D'Anne Baraou à
L'Association

La Valise envolée
(avec Vincent Sardon, Collection Patte de Mouche, 1996)

Maman a des problèmes
(avec David B, Collection Patte de Mouche, 1999)

Au passage du Pourquoi-pas
(avec Stanislas, Collection Ciboulette,2001)

Coquetèle
(avec Vincent Sardon, bande dessinée en trois dés, 2002)

Soixante-Quatrième Volume de la Collection Ciboulette,
UNE DEMI-DOUZAINE D'ELLES, d'Anne Baraou & Fanny Dalle-Rive,
a été achevé d'imprimer en juillet 2009
sur les presses de l'imprimerie Grafiche Milani, Italie.
Dépôt légal troisième trimestre 2009.
ISBN 978-2-84414-311-2.